L'auteur :

Nina Coustenoble actuellement en études de lettres modernes, écrit depuis son plus jeune âge. Elle publie son premier essai « La forêt des ténèbres » à l'âge de 15 ans.

Du même auteur :
La Forêt des ténèbres (2015)

Du même auteur dans la même saga :

Tu ne resteras pas en vie : Le mal (2016)
Tu ne resteras pas en vie : La souffrance (2017)
Tu ne resteras pas en vie : La mort (2018)

Tu ne resteras pas en vie
La Naissance du Mal

Nina Coustenoble

Éditeur : BoD-Books on Demand, 12/14 rond
point des Champs Élysées, 75008 Paris, France
Impression : BoD-Books on Demand,
Norderstedt, Allemagne
ISBN : 978-2-322-19018-8
Dépôt légal : 11_19

À ma sœur Nell.

Prologue

8 mai 1945

Le règne le plus long des Ténèbres a duré un peu plus de cent ans. C'est une des périodes les plus sombres de l'histoire, qui a profondément marqué les personnalitis. Depuis, les Lumières sont plus que jamais déterminés à vaincre leurs ennemis au plus vite. Malheureusement, ce n'est pas aussi facile. Voilà plus de trente ans que la guerre dure. À travers le monde, des millions de rebelles se dressent pour écraser la tyrannie du roi des Ténèbres.

Les vagues se déchaînent. Le bateau tangue dangereusement, or ils doivent à tout prix arriver à bon port. L'avenir de leur monde en dépend. Les Ténèbres font tout pour empêcher les rebelles d'atteindre leur but. Au bout d'efforts démesurés, le groupe arrive à mettre pied à terre. Un jeune homme de vingt-et-un ans sent le danger arriver. Il avance courageusement quand tout à coup, une main l'arrête.

— Agent Lewis, que faîtes-vous ?

— On ne peut plus attendre, il faut en finir.

— Nous devons rester groupés, lui conseille son supérieur.

L'agent est frigorifié. La pluie tombe et il meurt de faim. Il sait cependant que les Lumières et les enfants ont déjà bien trop souffert pendant toutes ces années. Pourquoi ses compagnons sont aussi lents ? Il ne veut pas attendre les ordres du chef.

— Passe devant, Edgar, nous te suivons.

Il hoche la tête, heureux de pouvoir enfin agir. Les rebelles avancent dans les rues où les Ténèbres prennent un plaisir malsain à attaquer des innocents. Ils font payer très cher les initiatives de ceux qui s'opposent à eux. Edgar ne veut plus voir les corps déchiquetés, le sang sur le sol. Il rêve d'un monde libre et heureux. Il n'a jamais connu la lumière, il a passé son enfance dans la peur et n'a cessé de voir les autres mourir autour de lui. Les seules personnes qui lui restent sont ses compagnons d'armes. Ceux qui croient aux mêmes choses que lui et qui ne se laissent pas abattre. Il est jeune mais son courage lui vaut déjà l'admiration de nombreux rebelles. C'est sûr, il deviendra quelqu'un d'important. Les premiers ennemis approchent. Ni une ni deux, un flot de magie blanc et rouge sort de ses mains et percute leurs assaillants. Certains sont plus agiles que d'autres et parviennent à l'esquiver, mais il ne leur laissera pas de répit. Ils doivent payer. Les décombres prennent vie pour aller se loger dans la tête de leurs adversaires. Il y a trop de créatures différentes et Edgar se voit obliger d'éviter des flammes, des griffes de harpie, des loups-garous... Il s'est bien entraîné cependant, ses mouvements sont fluides et rapides. C'est un vrai guerrier. Tandis que les siens sont bien affairés, le sorcier concentre toute son énergie. Une boule de magie se forme et se remplit de fluide vital. Sa force est si puissante qu'il a peur de la faire exploser au mauvais moment. Quand il sent que son pouvoir est suffisamment grand, il lâche tout. Un cercle de lumière rouge propulse les Ténèbres et les élimine. Ses amis le regardent médusés. Ce qu'il vient de faire, il ne l'a réussi qu'une fois, beaucoup de gens en sont incapables. Cela lui a fait peur la première fois qu'il s'est rendu compte qu'il avait une telle puissance en lui. Pour l'heure, elle est bien utile. La nuit paraît très longue à lutter ainsi avec acharnement. Ils avancent toujours plus, s'interdisant le repos. L'ennemi ne leur laisse aucun répit. Un moment, ils se retrouvent sur la place vide. Un jeune garçon court dans leur direction.

> — Restez où vous êtes c'est fini ! Le roi est
> mort !

Des cris de joie et de soulagement parcourent

l'assemblée. Edgar se jette dans les bras de ses amis, puis demande au garçon :

– Qui l'a tué ?

– Claude Terot, c'est un gardien lui aussi.

Avant d'être un rebelle, Edgar est avant tout un gardien, quelqu'un qui lutte contre les Ténèbres. Son chef intervient :

– Chassons les derniers Ténèbres du coin et attendons ensuite. Les survivants devront se rejoindre.

C'est ainsi qu'en ce matin du 8 mai 1945, Edgar se trouve sur la place pour recevoir une médaille d'honneur du président. Il peut apercevoir Claude Terot qui en possède une aussi. Il est grand et fier. Alors que le président finit son discours pour illustrer le courage de toutes les personnes qui se sont dressés contre le mal, le ciel redevient d'un beau bleu éclatant. Edgar ne l'avait jamais vu ainsi. Ils sont enfin libres, ils sont sauvés ! En plus, il a été récompensé pour ses exploits, à son âge ! La vie semble lui sourire en fin de compte. Il fera tout son possible pour que le règne des Lumières perdure le plus longtemps possible.

Chapitre 1
La naissance

5 août 1973

Pitié... que des bouchons, que des bouchons !
Ces automobilistes n'ont aucune idée de ce qu'elle
est en train de traverser. Pourquoi son mari n'a-t-il
pas acheté de voiture volante ? Les contractions
sont de plus en plus fortes. Martha Etole ne cesse
de penser à la douleur. Une barrière invisible
entoure la voiture pour la protéger du vent. La nuit
est noire. Son mari au volant est très nerveux.
Pourquoi autant de circulation dans une petite ville
du nord de la France ? Et dire qu'elle a accepté de
vivre encore plus éloignée de la civilisation, en
pleine campagne. Non qu'elle le regrette,
seulement, le trajet est plus long et semble
interminable quand on est sur le point de donner la
vie. Ce bébé, elle l'a tellement attendu ! Elle ne
rêvait plus que de cela depuis son mariage. Une

jolie petite fille aux grands yeux innocents et purs. Elle a toujours désiré être mère pour perpétuer son expérience de Lumière, enseigner à ses enfants la bonté, la bienveillance, l'honnêteté. Et en tant que parfaite Lumière, elle est remplie d'amour et se croit pleine de sagesse. Martha se sent sur le point de défaillir. Elle ne peut pas accoucher maintenant, elle n'est pas encore à l'hôpital ! Elle hurle à Robert des ordres pour qu'il trouve une solution pour aller plus vite. Les mains de son mari tremblent et il commence à devenir rouge de colère. Elle se rend bien compte qu'elle est en train de le rendre à bout, après tout, il se met rarement dans cet état là, néanmoins, la pression et la douleur l'empêchent d'être calme. Surtout qu'elle vient juste de quitter son lit et pensait pouvoir profiter d'un sommeil sans rêve. Peine perdue, ce bébé ne la laissera jamais tranquille. Pour diminuer ses insupportables contractions, Martha se met à ressasser sa vie, qui certes, est loin d'être trépidante, mais qu'elle juge simple, heureuse et paisible. Avant d'être une Etole, elle s'appelait Martha Dumont et ses parents tiennent encore aujourd'hui l'épicerie de cette petite ville, celle-là même où elle est née, et où va naître dans quelques instants sa fille. Robert lui, vivait à quelques kilomètres, dans une ferme qui appartient à sa famille depuis des générations, voire depuis toujours. Elle le revoit encore faire ses courses dans sa boutique et repartir ensuite sur son vieux vélo. Au début, ce n'était qu'un camarade de classe insignifiant. Puis ce fut un ami, un meilleur ami et enfin à seize ans, elle eut son premier baiser. Voilà plus d'un an qu'ils sont mariés. C'est par amour pour lui qu'elle a accepté de vivre à la ferme, Robert étant le digne héritier de l'exploitation. Au début, le dur labeur était difficile pour la jeune femme, mais elle s'y était faite. Surtout, elle s'est découverte une passion pour les chevaux, au point qu'ils en possèdent une bonne vingtaine aujourd'hui, en plus des cochons, des vaches, des poules, de deux chèvres et même d'un âne. Robert et Martha sont tous deux des sorciers, de grands perfectionnistes et de fervents partisans de la pure Lumière, c'est-à-dire qu'ils appliquent à la lettre le comportement de bonne conduite des Lumières. Ce qui fait qu'ils sont aimés des autres et respectés pour la pureté de leur âme. Personne ne doute que le futur bébé bénéficiera de ces vertus et d'un grand cœur.

Après ce qui lui parut une éternité, ils arrivent à la maternité. Martha est tout de suite prise en charge par les sages-femmes et Robert doit supporter l'attente. Il est si joyeux et en même temps tellement anxieux.

C'est pas croyable, je vais être papa. Je vais être papa !

Il se retient de crier cette phrase dans les couloirs. Dans la salle d'accouchement, Martha se force à pousser. On lui dit que son travail a déjà bien commencé et qu'il ne lui reste plus qu'un tout petit effort pour expulser l'enfant de son ventre. Elle sent le bébé qui tente vaillamment de sortir.

– Poussez madame, l'encourage le médecin.

Elle obéit mais c'est plus facile à dire qu'à faire. C'est très douloureux et l'enfant semble prendre tout son temps. Normalement, tout devrait déjà être fini. Tout à coup, les lumières se mettent à clignoter très vite. Martha prend peur, le médecin et la sage-femme aussi visiblement. Puis un cri de nourrisson survient. Leur attention revient sur l'accouchement et les ampoules fonctionnent à nouveau normalement.

– Votre fille semble en parfaite santé madame. Félicitations.

Son mari est autorisé à rentrer quand on pose le nouveau-né sur la poitrine de sa mère. Le bébé a cessé de pleurer. Il est presque minuit, Martha est épuisée, haletante, mais terriblement heureuse et soulagée que tout se soit déroulé comme prévu. La jeune maman n'a jamais vu de bébé aussi parfait. Sa fille semble rayonner tel un soleil. Ses cheveux sont déjà bien sombres. Cependant, elle n'est pas aussi heureuse qu'elle aurait dû l'être. Cette histoire d'ampoules qui clignotent lui trotte dans la tête. C'est sûrement de la magie mais qui utiliserait ses pouvoirs dans une salle d'accouchement ?

– Quelle merveille ! remarque Robert attendri.

Ils contemplent le fruit de leur union pendant de longues minutes sans rien dire. Comme tous les parents, ils espèrent qu'elle n'a aucune anomalie ou maladie, qu'elle est un bébé standard qui se développera normalement. Ils placent tous leurs espoirs en elle. Robert est sans doute le plus conquis par cette petite fille qui ressemble, il en est sûr, à sa mère.

— Comment va-t-on l'appeler ?

— Je suis trop épuisée pour réfléchir. Choisis, toi.

Depuis qu'ils se sont renseignés sur le sexe, ils ont fait une petite liste de prénoms féminins qu'ils trouvent jolis. Robert paraît content d'avoir le choix final.

— Je pense qu'on devrait l'appeler Ebora.

Chapitre 2
Des pouvoirs

5 novembre 1973

Martha se tient sur une chaise, mal à l'aise et anxieuse. Elle sent qu'elle n'aurait pas dû venir ici. Face à sa requête, on l'a regardée un peu bizarrement. En même temps, son histoire ne tient pas debout, elle le sait. Pourtant, elle est pratiquement certaine de ce qu'elle a vu. Le sorciologue revient la voir. Un sorciologue est spécialisé dans toutes les maladies liées à la magie, les cancers des pouvoirs. Mais il peut aussi s'occuper des enfants qui viennent de recevoir leur don pour voir s'ils n'ont pas attrapé d'infection ou si leurs pouvoirs ne sont pas anormalement incontrôlables. Il a du mal à dissimuler son sourire.

— Alors docteur ?
Pourvu qu'il lui donne une explication rationnelle sur ce qui arrive à sa fille ! Le

médecin ne semble en tout cas pas inquiet. On dirait plutôt qu'il jubile.

— Vous aviez raison, votre bébé a bien des pouvoirs.

Elle encaisse la nouvelle comme un choc.

— Mais c'est impossible voyons !

— C'était impossible. Au début je ne vous croyais pas vraiment, seulement les tests sont formels. Une faible quantité de magie est présente dans son corps. C'est un vrai miracle ! Je n'arrive pas à croire que je vais m'occuper du premier cas de nourrisson qui utilise la magie. D'ailleurs, vous savez quand est-ce que ça a commencé ?

— Il s'est passé quelque chose d'étrange lorsque j'ai accouché, se rappelle-t-elle après quelques minutes de réflexion. Je crois bien que c'était elle maintenant que vous le dîtes.

— Dès la naissance... merveilleux, c'est vraiment merveilleux ! Vous vous rendez compte ? Votre enfant va sûrement devenir la personne la plus puissante du monde !

— Je m'en fiche, je veux seulement que vous trouviez un moyen de contrôler ses pouvoirs.

– Bien sûr, je recommande toujours aux parents de prendre un gilet qui bloque la magie. Au cas où leur enfant serait incontrôlable. Je vais en commander un à la taille de votre bébé.

– Merci beaucoup.

– C'est la chose la plus incroyable que j'ai vu dans toute ma carrière. C'est même un événement historique !

Il trépigne comme un gamin. Son assistante, une femme dragon ayant pris une apparence humaine, arrive avec Ebora dans ses bras et la tend à sa mère. Le bébé sourit. Pendant que le sorciologue règle les derniers petits détails, Martha repense à ce qu'il s'est passé il y a quelques jours, quand elle a remarqué l'anomalie de sa fille. Ebora était installée dans son couffin. Elle pleurait pour avoir à manger. Sa mère qui préfère la nourrir au biberon quelques fois, posa celui-ci devant le bébé pour pouvoir répondre au téléphone. Elle s'arrêta net quand elle vit le lait sortir du biberon et atterrir dans la bouche de son enfant. C'est là qu'elle raccrocha. Elle était stupéfaite. Voilà pourquoi elle a pris rendez-vous. Son mari n'est au courant de rien et elle n'a pas envie de lui annoncer cette surprenante nouvelle. Déjà qu'elle a moins de temps pour le travail à la ferme, il fallait en plus que son enfant soit spécial. Mais bon, au moins elle est rassurée. Au départ elle croyait que sa fille avait dû recevoir un sortilège. Jeter des sorts sur les petits revient à les rendre malades. Ils peuvent développer des maladies génétiques, des retards de croissance. Quel soulagement de la savoir en bonne santé ! Seulement, ce phénomène est nouveau, c'est peut-être dangereux d'avoir ses pouvoirs aussi jeune. Heureusement qu'il va y avoir le gilet. Sur le long chemin du retour, Martha commence à se détendre. Elle ressasse les paroles du médecin. Alors, une bouffée de fierté l'envahie. Sa fille sera une sorcière puissante. Elle ne se serait pas cru aussi chanceuse, elle qui n'est qu'une jeune sorcière banale, tout comme son mari. Comment ont-ils pu enfanter ce prodige alors qu'ils n'ont rien d'exceptionnel ? Elle sait à cet instant que c'est le cadeau que le destin lui a fait pour ses bonnes actions. Son sourire est éblouissant lorsque la voiture s'arrête devant la ferme. Robert vient l'accueillir.

- Tout s'est bien passé chez le pédiatre ?
- Je ne suis pas allée chez le pédiatre, avoue-t-elle. J'étais chez le sorciologue.
- Oh, tu es allée voir si tout allait bien. Tu n'es pas malade au moins ?
- C'est pour Ebora que j'y suis allée.

— Mais... pourquoi ?

Il fronce les sourcils, sans comprendre.

— Parce qu'elle a des pouvoirs.

Robert n'en croit pas ses oreilles. Sa femme lui raconte toute l'histoire. Le visage de son mari s'illumine. Ils serrent leur fille chérie dans leurs bras. Ils ne doutent plus un seul instant que sa destinée sera grandiose. Néanmoins, les jours qui suivent, les pouvoirs de leur enfants font beaucoup de dégâts et ils sont très heureux à l'arrivée du gilet. Par contre, ils ne sont pas ravis de la venue des journalistes. Ils ne font que quelques interviews où ils se montrent fiers de leur petit prodige, seulement le couple n'aime pas vraiment les médias. Ils préfèrent la vie tranquille de la ferme, là où leur fille pourra s'épanouir. Malgré cela, on parle énormément d'Ebora aux informations. On vante cette histoire comme un miracle dans l'histoire des personnalitis. C'est sûr, tout le monde se souviendra longtemps d'Ebora Etole.

Chapitre 3
Une grande nouvelle

Martha se sent vraiment épuisée. Pas dans le sens où Ebora l'a fait tourner en bourrique, non, c'est juste ses pouvoirs et la difficulté de la satisfaire qui posent problème. Martha était persuadée jusqu'à présent qu'elle réussirait parfaitement l'éducation de sa fille. Ce n'est qu'un leurre, tout est beaucoup plus difficile que prévu. Même Robert perd de son autorité naturelle avec la petite. Elle se rappelle d'un jour où la fillette de trois ans regardait un film d'horreur. La jeune maman a essayé de changer de chaîne car ce n'était pas du tout adapté à son âge, sauf qu'Ebora a piqué une crise. Le gilet qui bloque sa magie n'empêche malheureusement pas son mauvais caractère. Elle est grognon, ne supporte pas le contact de ses parents. Chaque fois que quelqu'un la touche, elle se met à crier. Le plus souvent, elle reste dans sa chambre, sans aucune compagnie. Tous les jouets qu'on lui offre, elle les casse, les déchire. Alors ses parents les ont remplacés par des livres, l'une des seules choses qui ne l'irrite pas. Sa famille la console en lui disant qu'il y a énormément d'enfants difficiles sur Terre. Pourtant, elle est très sage en tant normal, elle ne parle presque pas, elle ne l'a jamais vue pleurer. Seulement Martha ne peut s'empêcher de remarquer le caractère étrange de sa fille. Elle pensait qu'un enfant était plus expressif, qu'elle lui montrerait des marques d'affection. Elle s'imaginait lui faire des câlins. Ebora n'aime pas l'heure du coucher où sa mère lui raconte une histoire ou lui chante une chanson. Mais elle ne dit rien parce qu'elle sent que sa mère y tient plus que tout. Elle ne supporte pas le soleil qui lui procure de grosses plaques rouges sur le corps.

Martha a alors l'idée de développer la créativité de sa fille qu'elle juge sensible. Pour cela, elle lui achète des feuilles et des feutres et l'incite à dessiner. La petite se prend au jeu. Ses gribouillis à l'encre noire sont accrochés au-dessus de la cheminée du salon. Lorsqu'elle les regarde, Ebora semble heureuse. Tant mieux parce qu'elle a l'air d'être une éternelle insatisfaite. Elle n'aime ni la piscine, ni le parc, ni les dessins animés, ni les manèges, ni la musique, ni le sport... Et encore moins la ferme, la seule fois où Robert a essayé de faire en sorte qu'elle donne à manger aux poules, elle s'est enfuie en courant. Mais bon, elle est jeune encore, son père espérait qu'elle se découvrirait un goût pour les animaux et la nature avec le temps.

Après tout, c'est elle la future propriétaire des lieux. Le point positif c'est qu'elle se développe bien et qu'elle acquiert très vite son autonomie. À trois ans, elle sait déjà se laver et s'habiller toute seule, quelques fois aidée de sa magie, il faut l'avouer. Martha a quand même peur de la laisser. Et si elle s'électrocutait ? Alors au début, elle la surveillait, sauf que son enfant n'aime pas du tout cela. Elle est donc obligée de partir, avec l'impression d'être la plus mauvaise mère du monde. Pour l'instant, il n'y a eu aucun accident. En fin de compte, cela aurait pu être pire.

Ebora ne sait pas trop comment décrire les sentiments qui l'animent. Elle aime les livres, ça elle le sait, même si elle ne sait pas encore lire, elle apprécie leur texture et leur contenu. Elle aime le noir, l'obscurité. Elle se demande ce que cela serait d'enlever la petite boule de lumière, la veilleuse qui se trouve dans chaque maison des Lumières. Tout serait alors noir et beau. Qu'en est-il de ses parents ? À son âge, on ne peut pas vraiment détester ses parents, en tout cas pas quand ils vous montrent leur amour avec autant de manières. Mais elle ne peut pas dire qu'elle se sente proche d'eux non plus. Elle ne confie pas ses pensées. Elle rit plus souvent toute seule qu'avec eux.

Un jour, Ebora joue dans le jardin. Elle s'imagine en train de poursuivre des poules qui pondent des œufs d'or sous la frayeur. Un groupe d'adolescents débarquent sur leurs vélos lorsque l'un d'eux tombe par terre. Ses camarades remarquent immédiatement la vilaine écorchure sur son genou tandis que son sang se répand sur le sol. Curieuse, Ebora les rejoint. Ils ne font même pas attention à elle. La petite fixe les gouttes vermeilles sur la terre. Elle est comme hypnotisée. Le rouge ne ressemble pas à cela d'habitude. C'est encore plus beau que le noir. Quand sa mère l'aperçoit, elle lui crie de venir. Le sang, elle ne l'a vu qu'à la télé sauf que sa mère lui a dit que ce n'était pas réel, qu'il valait mieux oublier tout cela. Or, c'est très réel là. L'adolescent blessé grimace, peut-être que s'il se concentrait sur son genou sanguinolent, il oublierait la douleur devant une telle beauté.

Ebora fête ses trois ans aujourd'hui. Martha qui voulait qu'elle soit avec des enfants de son âge a invité ses voisins et leurs bambins. La maison est décorée, Ebora a mis son gilet, tout est prêt. Les petits arrivent dans des cris de joie pour jouer avec les ballons, les pistolets à eau. Ebora se bouche les oreilles devant leur raffut. Elle exècre les gens. Les parents comprennent et cessent de lui poser des questions. Sa mère l'encourage cependant à discuter avec ses petits camarades. Mais la petite reste seule, fixant tout le monde de son regard méchant qui éloigne même les enfants les plus gentils. Une voisine remarque le gilet bloqueur de la fillette et s'approche de Martha.

— Alors, les pouvoirs de ta fille se développent

toujours autant ?

– Ne m'en parle pas. J'ai l'impression d'avoir acheté des centaines de gilets bloqueurs.

– Tu as de la chance. Ta fille va devenir talentueuse, je le sens. Elle est exceptionnelle. Mais c'est vrai que moi je n'ai tellement pas envie que mon fils découvre ses pouvoirs. Cela voudrait dire qu'il grandit trop vite et je me mettrais à pleurer.

Puis, vient le moment du gâteau. Les enfants s'installent, tout le monde chante. Martha dépose le gâteau au chocolat devant sa fille, heureuse. On l'encourage.

– Ebora, Ebora, Ebora !

La petite prend une profonde inspiration et souffle ses bougies. Aussitôt, la table prend feu. Paniquées, les mères s'enfuient en emportant leurs enfants, criant à la magie démoniaque. Robert utilise ses pouvoirs pour éteindre le feu pendant que sa femme essaie de retenir les invités, mais c'est peine perdue. Quand le calme revient, le couple remarque leur fille en train de manger le gâteau avec ses petits doigts dodus. Pour une fois, elle sourit. Cette image les met mal à l'aise.

À la prochaine entrevue avec le sorciologue, ils déchantent vite. Il leur explique que la fillette a maintenant trop de pouvoirs pour qu'ils soient bloqués. Seulement, il existe d'autres gilets encore plus performants mais aussi, beaucoup plus chers.

Ils abandonnent donc l'idée. De toute façon, Ebora reste tout le temps dans sa chambre, elle ne peut pas nuire à grand monde. C'est ainsi qu'Ebora, à tout juste trois ans, se retrouve avec la puissance d'un enfant de dix. En fin de compte, Ebora est silencieuse, autonome et souvent très sage, pourtant elle reste une enfant fatigante. C'est pourquoi en octobre 1976, Martha retrouve d'un coup le sourire en apprenant une bonne nouvelle. Quelque chose qui pourrait changer le caractère d'Ebora et en même temps, qui les rendrait tous encore plus heureux. Elle s'approche de Robert et lui dit juste trois mots :

— Je suis enceinte.

Chapitre 4
Un cadeau

Après quatre jours passés à la maternité, Martha repart avec son magnifique bébé. Par un doux matin de juillet, Robert a pris la voiture pour les raccompagner, laissant Ebora aux bons soins de la voisine. L'accouchement s'était bien mieux déroulé et le couple a eu la surprise du sexe de l'enfant jusqu'au bout. Martha avait regardé sa fille, ce petit rayon de soleil. Quand elle avait expliqué à Ebora qu'elle allait avoir un petit-frère ou une petite sœur, celle-ci semblait plutôt indifférente. Sauf une fois, elle s'en rappelle parfaitement, elle était assise sur le canapé lorsque la petite est apparue. Elle regardait fixement son ventre déjà énorme. La jeune mère ne savait pas ce que ce regard signifiait et était toujours méfiante des sautes d'humeur de la petite. Sans un mot, Ebora s'est approchée et a posé sa main sur le ventre de sa mère. Elle a écouté le bébé bouger. Pas un sourire, rien, aucune expression sur son visage ; voilà pourquoi Martha se demandait comment réagirait sa fille en voyant le nourrisson pour la première fois.

En fait, Ebora a réagi de la même façon : en observant le bébé, en le touchant, en étant silencieuse. Mais quand son père s'est approché pour lui demander si elle était contente d'avoir une petite-sœur, elle a seulement dit, à voix basse :

— Oui.

Enfin arrivés, ils descendent tous de la voiture et Martha chuchote à l'oreille de son enfant.

— Tu vois ma petite Isabelle ? Voilà l'endroit où tu vas grandir.

C'est Ebora qui a choisi le prénom. Cela vient sûrement d'un de ses films effrayants ou de ses livres. N'empêche, ce nom est plutôt joli. La voisine part en tenant des propos élogieux sur la fillette, disant que c'est un ange, qu'elle est très sage et qu'elle ne fait aucun bruit.

— Vous avez de la chance, vous devez être plus reposés que les autres parents qui ont des mômes qui braillent toute la journée.

Comme toujours, ils sont flattés qu'on leur fasse des compliments sur leur enfant. Martha est absolument persuadée que rien de mauvais ne peut sortir de son corps. Elle espère que cela se confirmera avec la petite Isa. Elle dit à Ebora :

— Ma chérie, ton père et moi tenions à t'offrir un cadeau pour fêter la venue au monde de ta petite-sœur.

Robert part chercher le présent. Il revient avec un grand panier. Ebora découvre à l'intérieur un chiot, un petit border collie, noir au-dessus et blanc en-dessous. Une petite boule de poils si mignonne. Le couple l'a achetée juste après être sorti de la maternité, mais ils avaient depuis longtemps planifié son arrivée. Robert le prend et le tend vers sa fille, or l'animal a une réaction inattendue. Alors que jusque là il avait été adorable, il commence à grogner en direction de la fillette. Cette dernière a un regard froid, jaugeant la créature qui lui fait face. Elle finit par répondre avec un sifflement glacial, on aurait dit celui d'un serpent. Tout de suite, le chiot prend peur et couine. Robert se sent un peu gêné que ce cadeau ne plaise pas autant qu'il l'aurait cru.

    — Bon bien, on pourra toujours le donner à Isabelle si elle aime les chiens un jour.

Comme pour confirmer ces paroles, le chiot se frotte contre le porte-bébé de Martha qui s'était agenouillée pour être à la hauteur d'Ebora. Elle aimerait croire que sa fille n'a jamais produit ce son étrange. Elle voudrait lui crier dessus, la réprimander, lui dire qu'elle doit bien se comporter sinon elle ne sera jamais une parfaite Lumière, mais elle se retient. Après tout, ce n'est qu'une enfant de quatre ans et tout n'est pas si simple. Comme avec les gamins qui braillent, l'éducation prend du temps. Elle ne doute pas qu'elle gommera le mauvais caractère de sa fille.

Toutefois, Ebora n'a pas fini de les surprendre et de manière désagréable. Dès les premiers jours qui suivent l'arrivée d'Isabelle, les parents découvrent une nouvelle facette de la personnalité de leur fille aînée : la jalousie. Elle reste toujours avec Isabelle, interdit au chien nommé Cookie de l'approcher. Il lui arrive même de lui donner des coups de pied. Martha se fâche alors très fort.

– Laisse le chien tranquille !

– Veux pas la bête. Moche la bête !

Isabelle est beaucoup plus calme que sa sœur et ses parents s'estiment tout de même chanceux. Malgré leur charge importante de travail à la ferme, leurs filles et le chien à s'occuper, ils sont très heureux.

Chapitre 5
Une enfant pas comme les autres

Elle ouvre la porte de la minuscule boutique. Le bruit clair de la sonnette résonne. Le comptoir est beaucoup plus haut par rapport à sa taille et elle tousse pour attirer l'attention de l'homme.

– Bonjour, je suis venue acheter le journal.
Le vendeur fixe la fillette avec étonnement.

– Heu bonjour, où sont tes parents ?

– Mon père est en train de prendre du pain à côté.
Elle tend l'argent et le vieil homme lui donne le journal. La petite se met aussitôt à tourner les pages.

– Tu cherches quelque chose ?

– Oui, la rubrique des meurtres.
Il pousse un hoquet de frayeur. La gamine semble

très intelligente pour savoir déjà lire et parler aussi bien, mais de là à savoir ce qu'est un meurtre et à s'y intéresser !

    – Tu ne devrais pas chercher à lire ce genre de choses. Tu es bien trop jeune. En fait, quel âge as-tu ?

    – J'ai six ans.

Elle sourit et le vendeur ne peut s'empêcher de voir un petit côté malsain dans ce sourire.

    – Au revoir monsieur.

Ebora sort du magasin de presse. Son père a fini ses courses et l'attend dans la voiture.

    – Tout s'est bien passé ?

    – Oui.

La petite parle toujours avec des phrases courtes, allant droit au but. À la façon dont elle s'exprime, on dirait presque une adulte dans un corps d'enfant, si sa voix n'était pas aussi aiguë. La voiture démarre et elle plonge dans ses pensées. Demain, la fillette retournera à l'école. Elle a hâte. L'école c'est ce qu'elle aime le plus au monde avec les livres. Elle y est depuis plus de trois mois et elle se sent comme chez elle. L'atmosphère, l'odeur de la salle de classe l'ont tout de suite interpellée. C'est bien mieux que le travail à la ferme, là elle apprend des choses qui lui semblent plus utiles. Et il y a tellement de livres ! Elle pourrait passer sa vie dans cet endroit. Ses parents sont fiers d'elle car elle se montre déjà très intelligente pour son jeune âge, et curieuse. Elle qui ne demandait jamais d'aide auparavant accepte que ses parents traduisent les mots qu'elle ne comprend pas. Elle apprend vite. Son institutrice s'extasie déjà sur sa politesse, sa participation et ses résultats. Tout cela lui fait oublier que la petite est tout le temps seule dans la cour de récréation ou à la cantine. Mais cela ne dérange pas Ebora. Il y a bien quelques inconvénients si elle creuse un peu ; tout d'abord, les travaux manuels ou sportifs : arts, sport, les cris des autres enfants ou leur gentillesse écœurante. Enfin, son égoïsme fait qu'elle n'est point serviable et laisserait volontiers les enfants peu enclins à rester sur leur chaise distribuer les feuilles à la classe. Sauf qu'Ebora aime se faire bien voir, en tout cas par les adultes. C'est pour cela qu'elle se propose toujours et qu'elle se force à sourire en passant dans les rangées, regardant ses camarades droit dans les yeux tandis qu'ils la remercient. Ses pensées sont interrompues par son père.

— Mince, j'ai oublié d'acheter du foin pour les chevaux. Désolé chérie, on ne va pas rentrer tout de suite.

Son père est l'exemple même de la bonté à outrance. Même face à ses bêtises il a du mal à se mettre en colère. Elle ne le comprend pas, à moins qu'elle ne le prenne tout simplement pas au sérieux. Tout le monde l'apprécie. Il peut se montrer serviable, drôle et plutôt intelligent pour quelqu'un qui n'a pas fait beaucoup d'études. Pourtant, Ebora croit qu'elle déteste encore plus sa mère. Cette dernière aussi est aimée, mais sa gentillesse semble beaucoup plus forcée aux yeux de sa fille, comme si c'était plus un devoir moral qu'une vraie qualité. De plus, elle pousse la perfection encore plus loin et ne supporte pas qu'Ebora s'en éloigne. La petite comprend beaucoup de choses, en même temps, elle observe plus qu'elle ne parle. Et si elle a du mal à cerner la bienveillance des gens, elle analyse plutôt bien leurs comportements et leurs sentiments.

Le foin est acheté. De retour à la maison, Robert décharge les sacs. Avant qu'Ebora n'ait pu s'enfuir, il la prend par les épaules et lui dit :

— Tu dois travailler un peu à la ferme. Tu deviens grande maintenant. Moi j'ai appris mon métier très tôt. Je suis conscient que cela te semble pénible mais avec le temps tu t'y habitueras. Mets au moins du foin dans la mangeoire d'un seul boxe. J'arrive.

Son père entre dans la maison. Ebora reste seule et ne bouge pas d'un pouce. Elle sait déjà que le sac est lourd. Son père n'aurait rien contre la possibilité qu'elle le soulève avec sa magie or, elle n'en a juste pas envie. Une idée délicieuse lui traverse soudain la tête. Elle lève les bras et le foin sort violemment des sacs. Lorsqu'il revient, Robert découvre qu'il y en a absolument partout, tel un manteau de neige, mais c'est une texture et un visuel moins agréables que des flocons blancs. Il utilise ses pouvoirs pour réparer les dégâts et ses yeux noirs deviennent plus sombres. Son visage vire au rouge. Ebora devrait être effrayée, toutefois elle est ravie en son for intérieur d'avoir enfin réussi à énerver son père au point qu'il la gronde vraiment.

— Pourquoi tu hurles comme ça ? demande Martha.

— Parce que ta fille ne fait que des bêtises !

— Pourquoi quand tu es en colère tu me dis toujours *ta* fille ?!

Une dispute éclate, ce qui fascine Ebora. Voir ses parents qui s'aiment se crier dessus est juste incroyable. Elle les regarde comme si c'était un spectacle. Mais à la fin, elle est quand même punie. Il est rare que le couple se chamaille. Quand c'est le cas, c'est souvent au sujet de leur fille aînée et de l'éducation qu'ils doivent lui apporter. Leurs disputes laissent le temps à Ebora d'arracher les pages de meurtres du journal et les cacher dans une boîte sous son lit. Il y en a peu car il n'y a pas beaucoup de meurtres et de viols ou alors, les coupables sont vite rattrapés. Surtout quand il y a des enlèvements et là, les victimes sont retrouvées. Saletés de gardiens, saletés de policiers, ceux qu'on qualifient de héros gâchent toujours tout. Quand la petite déprime, elle ressort ces terrifiants fait-divers et les relit en imaginant les scènes. C'est compliqué car son cerveau d'enfant de six ans ne lui permet pas de comprendre réellement les agissements des tueurs et autres psychopathes. Cette joie dérangeante et morbide n'est rien face à ce qu'elle va devenir.

Martha rêve depuis longtemps d'avoir une famille nombreuse. Voyant à quel point ses filles sont calmes et faciles à vivre, elle décide d'avoir un nouvel enfant. Quelques semaines après l'incident du foin, elle annonce la bonne nouvelle à toute la famille. Comme à son habitude, Ebora est plutôt indifférente à la joie de son entourage.

   – Ebo.

C'est sa sœur Isabelle qui tire sur sa jupe. L'aînée parle plus à la petite qui vient juste d'apprendre à marcher qu'aux autres personnes.

   – Oui Isa, il y aura bientôt un bébé tout moche à la maison.

L'enfant ne comprend rien, ce qui n'empêche pas sa grande sœur de continuer.

   – Toi aussi t'étais moche avant. T'es toujours moche, mais un peu moins.

Isabelle rigole en agitant ses petites mains. Elle s'est laissée tomber à terre et se tient assise comme avide des paroles de la jeune sorcière.

   – T'as même pas tes pouvoirs. Tu es comme les autres. Et c'est pas parce que je m'occupe de toi que je veux passer tout mon temps avec toi.

Isabelle lui tend les bras. Ebora ne l'a jamais portée parce que sa mère lui disait qu'elle était trop lourde pour elle. Sa petite sœur s'attend à ce qu'elle lui fasse un câlin. Elle ignore bien qu'elle déteste cela. Elle tend un peu plus ses membres, toujours avec ce grand sourire béat. Ebora prend peur et s'enfuit. Elle entre dans sa chambre. C'est étrange comme elle se sent mal. Elle n'aime pas dire du mal de sa sœur. Elle n'aime pas la voir l'implorer de cette façon en réclamant ainsi un contact physique. Mais surtout, elle se déteste d'avoir eu envie de la prendre dans ses bras.

En cette fin d'année 1979, alors qu'Ebora est à l'école et Isabelle chez la voisine, Martha se sent très mal. Elle a des contractions de plus en plus fortes. Sauf que c'est impossible, c'est bien trop tôt, cela ne fait que six mois qu'elle porte son enfant. Robert abandonne immédiatement son travail pour l'amener à la maternité. Le trajet est insupportable, elle se revoit plusieurs années en arrière, quand elle attendait Ebora. La sorcière sent que quelque chose ne va pas. Une tâche rouge se forme sur ses cuisses. Elle perd du sang.

— J'ai peur ! crie-t-elle à l'adresse de son mari.

— Ne t'inquiète pas, on est bientôt arrivé.

Martha est tout de suite prise en charge. Elle a très mal et commence à pleurer. Sa vision se trouble. Les voix se font de plus en plus indistinctes mais elle entend tout de même une femme crier :

— Elle fait une hémorragie interne, vite !

La jeune maman essaie de toutes ses forces de rester éveillée. Elle ne comprend pas ce qui se passe or, une chose est sûre, son bébé est en danger. Cela se confirme quelques instants plus tard, quand les médecins doivent pratiquer une césarienne en urgence. Puis c'est le trou noir.

Elle crie pour voir son bébé. On lui dit que ce n'est pas possible, qu'on essaie d'abord de faire le maximum. Quelque chose ne va pas, mais elle ne se donne pas la peine de réfléchir, elle veut juste son enfant pour oublier sa douleur. Elle vient de se réveiller. Robert est autorisé à la rejoindre, il fait une tête d'enterrement.

— Tu as vu notre bébé ?

— Seulement quelques secondes, il ne respirait pas lorsqu'on l'a sorti, on essaie de le réanimer. Tout va bien se passer.

Il lui presse la main. Elle tente de respirer calmement. Elle n'a plus les idées claires. Après ce qui leur semble durer une éternité, on vient enfin leur apporter des nouvelles. Elle a donné naissance à un fils, mais dès qu'il est sorti du ventre de sa mère, celui-ci n'a pas survécu une seule seconde.

Chapitre 6
Le cerf

— Debout ! Debout !

Isabelle saute sur le lit de sa grande sœur, surexcitée. Malgré le fait qu'il y ait six chambres dans la maison, les deux petites partagent la même. Ebora grogne. À la ferme on a l'habitude de se lever tôt, mais là elle aimerait profiter du jour de repos que son père lui accorde et rester au lit. Sauf qu'avec Isabelle, c'est impossible.

— Veux jouer ! Veux jouer !

— C'est bon, on va jouer !

— Youpiiiiiiiiiii !

Ebora s'habille en vitesse. Elle déteste les vêtements aux couleurs vives que sa mère lui achète et préfère le noir, mais puisqu'il y a de fortes chances qu'elle se salisse dans la boue, elle pourrait en profiter pour bousiller ce pull rose affreux. Puis elle prend une pomme dans la cuisine pendant qu'Isabelle tente de faire ses lacets. Ebora fait exprès d'écraser la queue du chien qui couine, mais Isabelle est déjà sortie et ne l'entend pas. La jeune sorcière déteste ce sale toutou et l'empêche même de venir dans leur chambre. Parfois, il arrive quand même que sa petite sœur le fasse venir sans son autorisation. Dans ces cas-là, elle se retient de jeter le chien par la fenêtre. Martha entre dans la pièce et est surprise de voir sa fille prête à sortir à une heure aussi matinale.

— C'est ta sœur qui t'a sortie du lit, n'est-ce pas ? Vous allez en forêt ?

— Oui.

— Vous ferez attention. Surtout qu'Isabelle aime bien tout explorer. Veille bien sur elle d'accord.

— Oui.

Elle ne fait que cela protéger sa petite sœur. Elle soigne ses petits bobos, essuie ses larmes et évite qu'elle parle à des inconnus. Isabelle est bien trop gentille, naïve et innocente. Trop jeune encore pour qu'on lui parle du bébé mort-né il y a deux ans. Ses parents ne sont pas prêts à se confier. Pour Ebora c'est plus la mort d'un inconnu qu'autre chose et elle ne comprend pas leur silence et leur tristesse. Néanmoins, elle les trouve plus joyeux ces derniers temps, sûrement dû au fait qu'il est difficile d'être malheureux avec une boule d'énergie comme Isabelle. Son père arrive pour se reprendre un autre café après avoir donné à manger aux chevaux. Elle en profite pour s'éclipser.

— Ne revenez pas trop tard.

— D'accord.

Robert et Martha observent leurs filles courir vers la forêt à côté de leur maison. Ils sont heureux de voir que leur fille aînée a enfin une camarade de jeu même si c'est quelqu'un de la famille. Ce n'est pas bon d'être toujours solitaire. Les deux petites jouent tout le temps toutes les deux et ils sentent que leur amour est infini. Ils espéraient fortement qu'elles s'entendent et ils sont satisfaits de savoir leur souhait exaucé.

Ebora sait qu'elles n'ont pas le droit de trop s'éloigner de la maison car la forêt est grande. Mais elle a très envie de désobéir. Elle prend Isabelle par la main et la guide à travers ces grands arbres. La petite ne cesse de s'arrêter pour ramasser des pommes de pain et cela agace Ebora qui aimerait continuer d'avancer. Heureusement, à chaque fois qu'elle la rappelle à l'ordre, sa petite sœur obéit. C'est sûr, Isabelle est déjà une amoureuse de la nature. Son aînée aime bien la forêt, mais c'est parce que c'est un endroit paisible où elle peut se cacher de tous et s'entraîner à la magie. Isabelle est fascinée par ses pouvoirs et Ebora adore qu'on l'admire. Elle apprend par elle-même à voler, faire pousser des fleurs dans sa main... Tout cela lui semble si facile. Quand elle pratique la magie, elle se sent vraiment heureuse et encore plus quand elle partage ces moments avec Isabelle. Un moment, elle se rend compte que sa cadette n'est plus près d'elle. En un instant, la panique monte.

— Isa !

— Je suis là Ebora.

Elle court aussitôt vers le son de sa voix. Elle retrouve la petite qui pointe du doigt quelque chose.

— Isa, ne me fais plus jamais ça, tu m'entends !

— Regarde !

La sorcière reprend son calme et observe ce que sa sœur veut lui montrer. Un cerf magnifique broute l'herbe tranquillement sans se soucier des intruses.

— Sérieusement, c'est pour ça que j'ai failli te perdre !

Mais la petite a l'air d'être en admiration devant l'animal. En même temps, un rien la réjouit, s'en est désespérant. Pourtant, elle aime faire plaisir à sa petite sœur.

— Tu veux monter dessus Isa ?

— Oh oui, oui !

Ebora se rappelle d'une formule qu'elle a vu dans un film. Elle a tout de suite essayé de reproduire ce sortilège mais rien n'y faisait, il est bien trop complexe. Alors là, elle se concentre au maximum. Elle sent ses pouvoirs couler dans ses veines. L'énergie monte en elle. C'est le moment propice pour lancer le sort.

— Manipulation.

Sa tête commence à lui faire mal, or elle tient bon. Ses muscles et chaque partie de son corps s'échauffent. Son cœur bat à un rythme effréné. Sa respiration se bloque. C'est dangereux de continuer ainsi en cherchant à utiliser un sortilège qui va au-delà de ses capacités seulement, la jeune sorcière sait qu'elle peut réussir. Enfin, le sort fonctionne. Les yeux de la bête se cerclent de rouge. Il est sous son contrôle. Le corps d'Ebora se détend un peu mais elle doit continuer à user de sa magie et cela reste douloureux. Isabelle est folle de joie. Elle ne peut pas le voir, néanmoins le cerf souffre atrocement. Ebora sourit et ordonne :

— Viens jouer avec nous.

Robert nettoie la sellerie quand il entend sa femme crier. Il ne met pas longtemps à savoir pourquoi. Leurs enfants sont sur le dos d'un cerf qui va beaucoup trop vite à son goût. Cela n'empêche pas les fillettes de rire aux éclats. Le père arrête l'animal en utilisant sa magie. Il se rend compte en même temps qu'on a jeté un sort de manipulation sur la bête. Martha est blanche comme un linge. Robert ordonne à ses filles :

— Descendez !
Les deux sœurs obéissent immédiatement. Leur mère reprend enfin ses esprits et se met à son tour en colère.

— Vous êtes folles ! Vous auriez pu vous tuer ! Qu'est-ce qui vous a pris ?!

– Isabelle monte dans ta chambre. Ebora reste ici.

La fille cadette pleure, ne comprenant pas pourquoi on les dispute. Elle court en direction de la maison tandis que sa grande sœur fait face à leurs parents. Robert demande :

– D'où venait le sort qui emprisonnait le cerf ?

– De moi, dit-elle sans aucune hésitation.

– Impossible, tu es trop jeune !

– Qu'est-ce qui se passe Robert ? s'inquiète sa femme.

– J'ai senti un sort de manipulation sur cet animal.

– C'est moi qui ais fait ça.

Le couple dévisage leur fille. Ebora devient vraiment de plus en plus puissante. Dans la voix de Martha se mêlent la peur et la colère.

– C'est un sortilège interdit, tu ne peux pas faire ça ! En plus, il y a quelques années, on l'a même classé dans les sorts de torture. Promets-nous de ne plus jamais faire cela.

– Et si j'ai pas envie ?

– Ebora, arrête de faire le mal !

– Alors pourquoi le mal est-il si amusant ?

Ebora court jusqu'à la maison, écrase la queue de Cookie en passant et part se cacher dans un coin pour pleurer. Elle en a marre de ne jamais pouvoir faire ce dont elle a envie. Pourquoi on la regarde toujours avec des yeux remplis d'effroi. Ce n'est pas juste.

Un peu plus tard, sa mère vient la chercher. Elle cherche à caresser les cheveux de sa fille mais cette dernière la repousse. Martha pousse un profond soupir.

— Je ne voulais pas t'en parler maintenant car tu es jeune, mais sais-tu comment on appelle ceux qui font le mal ?

Ebora fait non de la tête.

— Ils se nomment les Ténèbres. Ils sont nos ennemis depuis des siècles. Il y a de cela très longtemps, les différents peuplent vivaient en harmonie ou se faisaient la guerre. Quelqu'un a décidé de séparer le bien du mal, le côté bon et mauvais de notre espèce. Bien sûr, cela ne changeait pas les imperfections mais les meurtriers, les mangeurs d'hommes étaient séparés des gens civilisés. Nous les Lumières avons toujours empêché les Ténèbres de quitter leur maison dans les terres du Nord, avec plus ou moins de succès. Mais aujourd'hui, c'est nous qui régnons sur ce monde et les Ténèbres ne peuvent rien contre nous, enfermés dans les Enfers. Tu aimerais rester prisonnière, dans un endroit aussi hostile, toute ta vie ?

— Bien sûr que non.

Rester dans un monde comme dans une cage l'effraie au plus haut point. Quelle horreur !

— J'en étais sûre. Tu es neutre pour le moment,

mais un jour tu atteindras tes dix-huit ans et là, tu deviendras Lumière. Seulement pour le devenir tu dois être sage, obéissante et surtout bienveillante. Tu penses que tu peux y arriver ?

— J'essaierai maman, je te le jure.

— Je t'aime trésor.

Martha l'embrasse sur le front. Elle croit éperdument que sa fille va changer. Ebora elle, est plus que jamais convaincue d'être bizarre, différente. Toutefois, elle doit mieux se comporter dorénavant. Sinon, elle n'atteindra jamais le bonheur.

Chapitre 7
Des sœurs parfaites

Le grenier est rempli d'objets en tout genre. Elle adore cet endroit qui fait une bonne cachette. Elle n'arrête pas de jouer ici avec Isabelle, elles se déguisent, elles prennent de vieilles figurines et poupées de chiffon. Après de longues minutes de recherches, Ebora trouve enfin ce qu'elle est venue chercher. Elle prend un pot de peinture noir et un autre de couleur rouge. Personne n'est présent dans la maison à part elle et le cabot. Pourquoi sa sœur s'intéresse-t-elle à cette bestiole ? À n'importe quel animal de cette ferme d'ailleurs ! Ebora elle, ne les supporte pas, sauf les chevaux mais seulement parce qu'elle peut galoper sur leur dos, se balader avec sa sœur. Elle aime la sensation de domination qui la prend lorsqu'elle est sur sa monture. Bref, la fillette sait que c'est le bon moment pour entreprendre ce qu'elle a à faire. Elle entre dans sa chambre. Elle trempe le gros pinceau dans la peinture noire et commence à refaire la décoration de sa chambre. Les rouleaux et autres ustensiles bougent tout seuls grâce à sa magie, pour transformer ce lieu d'un rose immonde en un endroit bien plus charmant.Quand ses parents ne sont pas là, elle se sent enfin libre, enfin elle-même. Il faut dire que les journées sont monotones à la ferme. Lever à cinq heures pour aller donner à manger aux bêtes, petit-déjeuner, école, devoirs... Heureusement, elle adore les cours. Ses matières préférées sont le français et les sortilèges, ses points faibles étant la musique, l'art et le sport. Il y a tellement de raisons qui fait qu'Ebora préfère être à l'école qu'à la maison. Déjà, il n'y a pas ses parents, ni les travaux de la ferme. Elle a des facilités à apprendre et est la première de la classe ce qui la fait se sentir supérieure aux autres. Il y a la bibliothèque, la nourriture est différente et les personnes plus manipulables. Quoi qu'elle ne fasse pas grand chose pour cela, il lui suffit d'avoir de bonnes notes pour que les professeurs lui mangent dans la main. Bon, il est vrai qu'elle est seule dans la cour de récré et que les garçons la charrient. Mais premièrement, c'est elle qui ne supporte pas les autres, car elle se rend bien compte de la différence de goûts et d'intérêts. Quant aux enfants, ils finissent par se rendre compte du mépris qu'elle a pour eux. Deuxièmement, elle sait très bien qu'au fond, les garçons qui l'embêtent un peu sont amoureux d'elle. Elle qui croyait ne pas être une spécialiste des sentiments humains s'aperçoit que les créatures sont très prévisibles tout de même. Elle voit bien qu'ils lui tournent autour et qu'elle les impressionne. Seulement, comment ne pas aimer Ebora ? Et comment ne pas la jalouser ? Elle est déjà si belle avec sa chevelure corbeau, ses yeux de jais qu'elle tient de son père, sa bouche si bien dessinée, ses traits gracieux... En plus, elle est intelligente, discrète, mystérieuse et sa voix. Sa voix ! Si envoûtante, en même temps douce et grave ; la petite sait charmer, ça c'est sûr ! À vrai dire, elle s'en amuse beaucoup. En tout cas, personne ne voit sa nature profonde. Les gens la considèrent juste comme une petite grincheuse, insolente mais inoffensive. Malgré ses défauts, elle reste aimée des profs, des garçons et des membres de sa famille. Seulement elle, se sent en dehors de tout cela. Être aimée c'est bien, aimer soi-même c'est autre chose. Elle s'est déjà renseignée sur ce drôle de mot qu'est l'amour. Ebora cherche désespérément une personne qui compte pour elle. Ses parents sont très vite devenus des créatures qu'il faut supporter. Elle n'éprouve pour eux que de la haine, sans savoir pourquoi. Peut-être parce qu'elle déteste tous ceux qu'Isabelle apprécie. Parce que oui, une seule personne a de l'importance à ses yeux et c'est sa sœur. Déjà, elles se ressemblent énormément, à tel point qu'on aurait pu les prendre pour des jumelles. On les surnomme d'ailleurs « les sœurs parfaites ». Après tout, les villageois les voient toujours ensemble en train de jouer, de chanter, de rire. Et on sait tous à quel point les rires d'Ebora sont si rares ! Il n'y a qu'avec la petite qu'elle paraît douce, aimante et joyeuse. C'est quand elles sont séparées qu'on voit vraiment la différence. Isabelle n'a pas le côté mystérieux de son aînée, on lit en elle comme dans un livre ouvert. Ses yeux ne sont pas froids, ses manières hautaines, et si elle aura autant de succès que sa sœur, elle charmera plus par sa gentillesse et sa spontanéité que par sa beauté. Si l'une est d'un naturel flagrant, l'autre sait manipuler l'attention.

Ebora a terminé de repeindre la chambre. Elle est noire avec des bandes rouges. Elle imprime ensuite des photos qu'elle colle sur les murs. Ce sont des images de cadavres, de sang... Elle pense déjà à la tête que vont faire ses parents lorsqu'ils entreront dans sa chambre. Elle en rigole d'avance.

Comme prévu, Robert et Martha Etole ont failli avoir une attaque en voyant ce désastre. Ils laissent Isabelle jouer dehors pour qu'elle ne puisse pas entrer. La petite ne se doutant de rien, prend une balle et court sur l'herbe poursuivie par le chien. Martha se tourne vers sa fille et commence à lui faire mille remarques, mille reproches. Elle est presque hystérique. Son mari, plus posé, quoi que plus pâle, déclare :

    — Écoute Ebora, tu ne peux pas regarder toutes ces choses violentes. Et encore moins ta sœur qui est plus jeune que toi.

– Pourtant quand j'avais son âge, cela ne me dérangeait pas.

– Oui mais chaque être est différent. Isabelle est sensible. Cela lui ferait beaucoup de mal. Et je ne veux pas l'entendre pleurer pendant dix minutes ni être là quand elle fera des cauchemars toutes les nuits par ta faute !

– Je suis désolée. Je ne savais pas que mes images pourraient choquer Isabelle.

– On va faire un compromis, tu enlèves toutes tes photos et on gardera la moitié de la pièce, ta partie de la chambre en noir et rouge.

Ils laissent leur fille tout jeter à la poubelle et redonner à la pièce un peu de sa couleur rose. Martha lui fait promettre de ne plus recommencer. Elle fouille les affaires d'Ebora et sort de sous son lit les coupures de journaux avec les détails sanglants surlignés. Elle brûle tout. Ebora s'empêche de pleurer, la haine qu'elle éprouve pour sa mère en cet instant l'aide beaucoup. La famille réconciliée (ou presque) se met à table. Ebora elle, n'a pas faim. Pour éviter une nouvelle querelle avec sa mère, elle pose sa main dans un coin de son assiette pour faire disparaître la nourriture petit à petit. Personne ne remarque rien.

Martha vient ensuite coucher ses deux filles. Elle les caresse et les embrasse en chantant en même temps une vieille chanson venant de sa famille. Cela commence par le refrain :

Dès que tu es née,
J'ai voulu te protéger.
Quand je te vois grandir,
Je ne peux que sourire.

Puis il y a deux couplets où il est encore question d'amour pour ses enfants. Beurk !

Je suis là pour toi,
Et toi pour moi.
N'oublie pas d'aimer,
Et de rêver.

Tu es toute ma vie,
Comme une jolie mélodie.
Je t'ai appris les valeurs.
Elles sont dans ton cœur.

Le refrain se répète ensuite deux fois. Isabelle se laisse toujours bercée par la chanson. Elle sourit. Pas Ebora qui ne comprend pas l'émotion qui se dégage de ces paroles. De plus, elle n'aime pas la musique. Elle évite les dessins animés et les comédies musicales comme la peste. Tout cela pour dire qu'à cause de cette berceuse, Ebora est déprimée chaque soir avant de s'endormir. Elle réfléchit toute la nuit à une nouvelle cachette pour ses extraits de journaux.

Chapitre 8
Une dent

Elle se sentait mal à l'aise au début dans cette pièce. Elle trouvait que ce n'était pas vraiment sa place, l'impression d'être différente. Aujourd'hui, Martha se sent apaisée. Elle sait que le docteur est là pour l'aider. Elle parle de ses problèmes avec sa fille aînée, mais n'ose pas tout dire. Cela fait du bien à sa conscience néanmoins. Son psy l'écoute attentivement.

- Vous savez madame Etole, les enfants quand ils sont jeunes, ne savent pas encore très bien distinguer le bien du mal. Ils découvrent le monde, testent leurs limites. Avec le temps et une bonne éducation, tout devrait s'arranger.
- Ma fille a presque neuf ans, elle sait très bien faire la différence entre le bien et le mal.
- Quel est le problème alors ?
- C'est que justement, elle préfère faire le mal.

À ce moment-là, elle se retrouve obligée de lui en apprendre un peu plus. Tout ce qu'elle trouve dans sa chambre, ses penchants pour le sang et les films d'horreur, la façon dont elle traite les autres. Le psy semble tout de suite plus stupéfait et effrayé. Il se rend bien compte qu'Ebora n'est pas une enfant comme les autres.

- Je devrais la voir, parler avec elle. Je suis sûr qu'on peut trouver des explications.
- Oui, tout à fait.
- Sinon, il existe d'autres solutions. Quand elle aura onze ans, vous pourrez toujours l'emmener dans un C.E.P.E.A.C.T : Centre d'Éducation Pour Enfants Ayant des Caractéristiques de Ténèbres.

Martha frémit. Évidemment qu'elle en avait entendu parler. Quand les enfants se comportent mal, voir comme de véritables monstres, on les envoie dans ces espèces de pensionnat, moitié prison ; avec plus ou moins de chances qu'ils deviennent Lumières. Mais si tout le monde venait à en être informé, ce serait une catastrophe. Elle perdrait sa réputation, son honneur, son argent aussi car ces centres coûtent chers. Elle, une femme Lumière digne de ce nom avoir un enfant qui serait considéré comme déjà condamné aux Ténèbres. Ce serait avouer qu'elle a mal fait son travail de mère et qu'elle a enfanté un monstre.

- Non, je ne veux pas de ça pour Ebora.
- Vous êtes sa mère, faites comme vous le

sentez.

Bien sûr, Ebora ne se révèle pas très partante pour ces entretiens avec le psychologue. Sa mère la force néanmoins à faire quelques séances. La fillette reste alors muette comme une tombe ce qui énerve profondément Martha. Après la première séance, elle lui crie :

  — Mais enfin, il peut t'aider lui ! Pourquoi ne
    fais-tu rien pour me faire plaisir ?

Ebora se dit que ce serait bien pratique d'utiliser son pouvoir de manipulation sur les personnalitis plutôt que sur les bêtes mais rien à faire, cela ne marche pas. Elle n'apprend pas assez vite à son goût malgré le fait qu'elle puisse faire des choses extraordinaires pour son âge. Ses parents ont beau l'implorer, la disputer, la priver de tout, Ebora ne dit toujours aucun mot face au docteur. Mais son regard glacial finit par le mettre mal à l'aise et il suggère d'abandonner. Ebora est certes triomphante, cependant, elle ne peut s'empêcher de penser la nuit à toutes les vengeances qu'elle pourrait utiliser contre ses parents.

En cette toute fin d'avril, le ciel est merveilleusement clair. Les deux sœurs sortent jouer dans le jardin pour la première fois cette année. L'aînée se rend compte toutefois que sa sœur prête beaucoup trop d'attentions aux cabrioles du chien qui tente d'attraper la balle.

– Ebora, viens jouer avec moi et Cookie !

Toujours ce chien, ce sale cabot, cette crotte sèche, ce renifleur de pets, ce lécheur de vomi !

– D'accord, dit-elle à contrecœur.

Discrètement, sans que sa sœur s'en aperçoive, elle crache en direction de la bête. Cookie s'écarte à temps et aboie contre la méchante sorcière. Dès le premier jour, il n'a aimé ni son odeur, ni son regard. De plus, il est doué pour juger les gens. Ebora affiche une expression de profonde haine. Tout à coup, le chien gémit. Un goût de sang se répand sur sa langue. La cruelle fillette montre fièrement la dent qu'elle vient de lui arracher grâce à sa magie.

– Rends-lui sa dent ! proteste sa maîtresse.

– Pourquoi ? s'amuse cette sale vipère. Il est bien mieux sans.

– Tu ne vois pas que ça lui fait mal !

En effet, il continue de couiner.

– Ebora ! Si t'es vraiment gentille, et si tu es vraiment ma sœur, donne-lui sa dent !

Le visage d'Ebora s'assombrit. Pourquoi sa cadette ne partage pas sa joie ? Et pourquoi elle, ne peut-elle prendre son exemple ? Isabelle, la fille si parfaite. Ebora ne doit pas faire cela, elle l'a encore oublié.

– Bon d'accord.

La dent disparaît. Cookie cesse de gémir. Isabelle retrouve le sourire.

— Merci ma sœur ! Je t'aime !

— Je t'aime aussi.

Elles se serrent dans leurs bras. Personne ne voit le sourire malsain de l'aînée. Oh oui, elle a de nouveau oublié, mais cela est terriblement grisant. Elle a bien arrêté la douleur du chien. Mais un peu plus loin, dans un box, la canine s'enfonce profondément dans la croupe d'un étalon. L'animal mourût d'une infection quelques heures plus tard.

Chapitre 9
Faire le deuil

Ebora a une liste très claire dans sa tête de tout ce qu'elle ne supporte pas. Elle écrit donc les règles que tous sont censés suivre.

1- Personne ne doit toucher quoi que ce soit qui lui appartient : livres, affaires d'école, dessins... et avoir un contact physique avec Isabelle.

2- Personne ne doit jouer avec Isabelle.

3- Personne ne doit aider Isabelle, sauf elle.

4- Personne ne doit s'occuper d'Isabelle, à part elle.

5- Personne ne doit faire peur ou faire du mal à Isabelle.

6- Isabelle ne doit dire je t'aime qu'à elle et personne n'a le droit d'exprimer son affection envers Isabelle.

Bien entendu, aucune de ces règles n'est respecté à part la cinquième. De toute façon, la petite ne sait pas encore lire. Elle commence tout juste l'école et reste toujours avec sa grande sœur pendant les récréations. Leurs parents ont hâte d'être en mars pour qu'Ebora aille au collège et laisse sa petite sœur respirer. Si au début, ils trouvaient cela génial de voir leurs filles s'entendre, ils se sont vite rendus compte que leur relation pouvait devenir toxique, surtout pour la plus jeune. Martha a aussi le projet d'envoyer Isabelle à la Personnalitis Academy pour qu'elle se trouve une marraine, quelqu'un d'autre que sa sœur pour lui servir de modèle. Mais pour l'instant, les deux sorcières restent ensemble. Les camarades de classe de la cadette ont très peur d'Ebora et de son regard venimeux. Aussi, Isabelle souffre en silence de ne pas avoir d'amies, sans se douter un seul instant que son aînée y est peut-être pour quelque chose. En réalité, ceux qui souffrent vraiment des règles imposées par Ebora, ce sont les cousins et cousines, premiers camarades de jeux. Martha n'a qu'une sœur du nom de Sophie qui est divorcée et a deux enfants : Laura treize ans et Romain neuf ans. Avec eux, il n'y a pas de problème, la fille a trop d'écart d'âge avec les deux sœurs et le garçon ne s'intéresse pas aux jeux des filles. Quant à Robert, il a trois frères et une sœur, tous plus jeunes que lui. Son premier frère a des fils de cinq et quatre ans et vient d'avoir des jumelles. Les garçons ont bien essayé de s'amuser avec leur cousine, s'était sans compter Ebora qui les a tout de suite chassés. La sœur de leur père a une fille unique Théa sept ans. Mais c'est une autre histoire dont on reparlera plus tard. Les deux derniers de la fratrie n'ont pas encore d'enfant. Heureusement qu'Isabelle est la seule à faire céder Ebora. Il lui suffit de pleurer ou de se plaindre de vouloir être avec ses parents et sa sœur la libère de leur jeu pour qu'elle puisse les rejoindre pour les embrasser. Ebora se plante les ongles dans ses paumes pour retenir la colère qui menace de la faire exploser. Un jour ses parents perdront la partie, elle s'en fait la promesse.

Il fait très chaud en ce mois d'août. Ebora a dix ans. Tout le monde travaille, mais elle s'échappe facilement pour s'entraîner à la magie. Elle prend les poupées de sa sœur pour les faire changer d'apparence. Comme pour la manipulation, elle a hâte de pouvoir utiliser ce sortilège sur elle. Elle fait ses petits tours dans la chambre du chien. Cookie attend qu'elle s'en aille mais elle n'en fait rien. La sorcière lâche les poupées.

— Maintenant, qui vais-je pouvoir transformer ?

Elle semble enfin se rendre compte de la présence du chien sur son tapis. Un sourire narquois étire ses lèvres. Il comprend tout de suite que cela va mal se passer en voyant la lueur verte sortir de ses mains. L'animal grogne et saute sur l'horrible fillette. Celle-ci tombe à terre, se défendant contre ses crocs. Ebora utilise un sortilège de propulsion et le cabot passe par la fenêtre ouverte. La sorcière reprend son souffle. Sa première pensée est que c'est un beau lancer. Elle vient précipitamment regarder dehors. Elle aperçoit le corps de cette boule de poils, immobile. Elle éprouve un choc en voyant le sang et le cadavre disloqué. Elle s'assoit contre le mur et prend de longues respirations. Petit à petit, ses soufflements se transforment en rire. Rires qui parviennent jusqu'aux oreilles de Robert, seul témoin de ce meurtre. Il en parle aussitôt à sa femme. Ils décident de ne pas punir leur fille, sinon Isabelle se posera des questions. On enterre Cookie dans le jardin. Ils disent à la cadette que Cookie s'est enfuit et qu'il ne reviendra pas. La petite pleure à chaudes larmes.

— Va dans ta chambre Isa. Nous devons parler avec ta sœur.

Elle obéit et Ebora attend les reproches. Curieusement, sa mère commence très calmement :

— Ce que tu as fait est très grave.

— C'était un accident, il m'a attaqué.

— Tu mens ! Ce chien était doux et parfaitement inoffensif ! s'emporte enfin sa mère.

— Tu l'as sûrement provoqué, ajoute son père.

— Non !

Elle les défie du regard. Ils semblent si déçus et en colère.

— Ebora, tu ne diras rien à ta sœur, compris ?

Elle ouvre de grands yeux face aux paroles de son père. Quoi ? Ses parents qui sont le symbole même de l'honnêteté et du bien, lui demanderaient-ils de mentir ?! Ainsi, ils ne sont pas aussi parfaits qu'ils le prétendent. Elle les aurait presque aimés à ce moment si elle ne dédaignait pas leur hypocrisie.

— Oui papa.

C'est ainsi qu'est vraiment né le mensonge dans la famille Etole. Ebora n'aurait jamais cru jusqu'à ce jour qu'elle serait liée à ses parents par un serment secret. En fin de compte ils avaient un point commun. Ils avaient tous intérêt à ce qu'Isabelle ne sache jamais rien sur la véritable nature de sa sœur.

Chapitre 10
Je suis le Mal

Ce jour aurait vraiment dû être parfait. En tout cas dans l'esprit d'Ebora. Sans trop savoir pourquoi, elle se disait que douze ans devait être un bel âge. Mais malheureusement, la jeune fille se trouve dans une sale période. Ce n'est pas que le collège ne soit pas bien, non. Seulement, Isabelle se retrouve à des kilomètres de chez elle à la Personnalitis Academy. Et le pire c'est qu'elle a une marraine. Une adolescente qui l'aide à s'intégrer et à bien étudier. Elle s'appelle Elsa. Ebora ne l'a connaît pas, mais elle a vu des photos. C'est une jolie fille au visage de porcelaine, aux cheveux blonds et aux yeux bleus. Le seul problème serait peut-être sa silhouette, trop mince et trop grande avec des jambes qui ressemblent à des baguettes. Ebora déteste voir sa petite sœur passer plus de temps avec Elsa qu'avec elle. Les vacances ne sont pas suffisantes pour profiter d'Isa.

Il est rare de voir la collégienne aussi enjouée, même quand c'est son anniversaire. Ses parents s'étonnent de l'apercevoir organiser toute sa fête. Elle gonfle des ballons noirs, commande un gâteau à la fraise et fait sa liste de cadeaux. Elle espère plus que tout recevoir un livre intitulé « *Les meurtres les plus célèbres* ». Ainsi, la jeune fille oubliera toutes les disputes, Elsa la voleuse de sœur et sa mère qui devient de plus en plus pathétique. Elle a de longs moments d'absence et semble souvent triste. Décidément, cette femme a le don de la mettre en rogne ! Bien entendu, Ebora est incapable de comprendre la dépression que subit Martha depuis trois ans. Après la mort de son fils, la sorcière n'abandonna pas cependant son projet de fonder une grande famille. Mais le dernier accouchement a dû endommager quelque chose ou porter malheur car les deux grossesses suivantes n'ont même pas tenu trois mois. D'ailleurs, Ebora qui était respectivement âgée de neuf et onze ans n'a pas vraiment de souvenirs ; car la petite ne se souvient que de ce qui est important pour elle.

Soudain, on sonne à la porte. Ebora court ouvrir. Ce ne sont que ses grands-parents paternels qui sont venu fêter son anniversaire. Ils l'embrassent et elle s'empresse de s'essuyer la joue. On installe toute la petite famille dehors. C'est une belle journée, un peu trop belle même pour Ebora qui apprécie les nuages gris. Elle doit avouer que le repas est parfait. Au moins une chose dont sa mère s'est occupée. Elle retrouve même le sourire. Après le déjeuner, la fillette peut enfin ouvrir ses cadeaux. Connaissant ses goûts pour la lecture, ses grands-parents lui offrent quelques romans et pièces de théâtre. Ebora qui hait leur gentillesse et leur côté trop parfait se dit qu'ils n'ont pas que des défauts. Elle les remercie. Isabelle a fait pour elle une quantité impressionnante de dessins. Son père lui tend un paquet rectangulaire assez grand. Ebora hésite à ouvrir car cela n'a déjà pas la dimension d'un livre. Elle sait que ses parents n'ont pas retenu ce qu'elle voulait réellement. Mais peut-être est-ce tout aussi formidable.

— Ouvre-le, s'impatiente gentiment Robert.
Ebora sourit. Elle défait le papier. C'est un jeu de société. Elle le reconnaît, c'est assez célèbre et le but consiste à l'aide de dés, de cartes et de jeux de rôles de devenir un parfait Lumière. Son sourire s'évanouit. Isabelle, elle, est ravie et veut tout de suite y jouer.

— Tout va bien Ebora ? demande sa mère.

— Je dois faire une petite balade, je reviens.
Malgré les cris de sa mère, Ebora court en direction de la forêt. Elle s'en fiche bien d'être punie après pour avoir quitté une fête. De toute façon, ils s'amusent très bien sans elle. Une fois seule parmi les arbres, la jeune fille se met à pleurer. Elle se rend compte que ses parents ne la comprennent pas. Mélancolique, elle se parle à elle-même, se questionne :

— Ce jeu aurait dû me faire plaisir. Tout le

monde joue à ça. Mais je suis différente je le sais. Personne ne m'écoute, aucun ne pense comme moi. Et moi aussi j'ai du mal à les comprendre ! Ils veulent tous que je sois parfaite. Ils ont en horreur tout ce que je fais. Il faut toujours être gentil, poli... Mais au fond, à quoi tout cela sert ? À rien. Si je ne suis pas comme les autres, alors qu'est-ce que je fais ici ? Qui suis-je ? Rien n'a de sens. On me répète toujours : « Arrête de faire le mal ! ». Je suis la seule qui n'a pas peur de ses cauchemars, qui rit face à la souffrance des autres, qui aime les enterrements, le sang, les meurtres...

Tout en parlant, sa colère fait déchaîner ses pouvoirs. Elle fait apparaître des pics de glace, le tonnerre qui gronde. Les plantes meurent et le sol se déforme.

– Au fond, j'ai toujours su que l'horreur faisait partie de moi. Suis-je si étrange ? Ou est-ce que ce sont les autres qui se croient vivre au paradis ? À sourire tout le temps, à se câliner, à s'entraider ! Mais à part ma sœur, je n'aime que la destruction. C'est vrai ! Je me fiche bien de leur stupide ferme ! Ce n'est pas mon choix. Au lieu du soleil, je veux l'obscurité. Au lieu de la joie, je veux l'agonie. Toutes ces politesses, ces cadeaux, ces sacrifices, voilà ce qu'ils appellent le bien. Alors, ça veut dire que je ne suis pas quelqu'un de bien ?

Et soudain, un déclic se fait en elle. La vérité lui éclate en pleine figure. C'est un mot qu'on ne prononce pas chez elle, sauf pour la punir. La voix de sa mère résonne dans sa tête.

*Arrête de faire le **mal.***

— Mais oui, c'est ça ! Je suis le mal !

Elle se met à rire en tournant sur elle-même. Ebora crie de plus en plus fort. Elle veut se libérer de sa culpabilité, du sentiment d'être anormale. Elle peut enfin trouver sa véritable identité, s'accepter telle qu'elle est vraiment. Et tant pis, si cela ne plaît pas, cela veut juste dire qu'elle est unique.

— Oui ! Tremblez devant moi ! Car je suis le mal !

Son cri devient de plus en plus hystérique, on dirait une folle furieuse. Autour d'elle, la forêt ressemble à un champ dévasté et les pics de glace qui sortent des arbres, embrochent les animaux qui tentent de fuir cette folie meurtrière. Cela peut paraître étrange, mais Ebora n'avait jamais vraiment pris conscience de la noirceur de son âme avant ce jour-là.

Chapitre 11
La voisine

Plusieurs mois sont passés. Martha s'affaire à mettre en ordre la cuisine. Soudain, la sonnette retentit. Elle s'essuie les mains et part ouvrir. Une jeune fille se tient devant la porte.

— Oh, bonjour Valérie.

— Bonjour Madame Etole. Ebora est là ? J'aimerai qu'on fasse une balade en forêt toutes les deux.

— Je vais l'appeler. Elle sera sûrement ravie, on ne l'invite jamais quelque part...

Tout à coup, elle est prise d'un affreux doute.

— Dis-moi, cela n'aurait pas un rapport avec la grenouille par hasard ?

— Quoi ? Mais non ! Je veux juste être gentille.

— Très bien car mon mari et moi comptions t'en racheter une. Ebora s'est excusée au moins ?

- — Cela n'a pas d'importance madame. Je veux juste jouer avec Ebora.

Ebora doit donc suivre à contrecœur la jeune fille jusqu'à la forêt. C'est la fille de leurs plus proches voisins, cela signifie qu'ils habitent à des centaines de mètres de leur maison. Elle est mi-sorcière, mi-sirène et possède de grosses lunettes. Ses cheveux blonds et gras sont noués en natte, elle a des tâches de rousseur partout sur le visage et en plus, maintenant elle possède un appareil dentaire. Mais ce n'est pas que son physique qui repousse les gens. Valérie est une enfant sans amie et très étrange, originale selon le reste de la famille Etole qui bien sûr, en tant que famille parfaite, s'interdit de juger qui que ce soit. Enfin, les animaux de compagnie de Valérie sont quand même des araignées, des serpents, des scorpions, des tortues... Sa dernière trouvaille : une grenouille verte. Alors être en compagnie de cette fille est une véritable torture pour Ebora, surtout qu'elle sait très bien pourquoi elle tient tellement à l'emmener avec elle dans les bois. Cela a sûrement un rapport avec hier. Valérie lui a confié sa grenouille pendant qu'elle faisait les courses avec sa mère. Quand elle est revenue, Ebora s'est empressée de faire gonfler l'animal tel un ballon et il a finalement explosé. Le pire c'est qu'elle a éclaté de rire en voyant la tête de sa petite voisine. Mais bon, elle demande quand même :

- Que me veux-tu Valérie ?
- Des excuses, tu as été méchante. Ma pauvre grenouille n'avait rien demandé à personne.
- Forcément, elle ne savait pas parler.
- C'est cruel de faire ça à un animal sans défense !
- Sérieux, tout cela pour une bestiole !
- Je me fiche que tes parents m'achètent un autre animal. Ton comportement est celui d'un délinquant. Tu mériterais d'aller au CEPEACT ! Alors je vais faire mon devoir. On me dit toujours qu'un bon citoyen doit débarrasser la ville des cinglés dans ton genre.
- J'ai trop peur, raille Ebora.
- Tu feras moins la fière quand tu seras enfermée là-bas !

Elle tourne les talons. Ebora sent la colère monter en elle. Encore une personne qui veut la séparer de sa sœur ! Pour qui se prend-t-elle ? On ne l'a menace pas comme ça impunément. Soudain, survient un craquement sec. Valérie relève la tête et voit un arbre s'effondrer sur elle. Elle crie lorsqu'il tombe sur elle. Elle se retrouve par terre, bloquée au niveau du dos. Du sang coule sur son visage là où les branches l'ont éraflées. Elle a l'impression d'être brisée en mille morceaux. Ebora s'approche en prenant un gros bâton. Lorsqu'elle fait face à sa voisine cette dernière comprend que c'est de sa faute rien qu'en apercevant son regard froid. Valérie n'a plus le courage de lui crier dessus, une peur viscérale s'empare d'elle. Elle ne parvient qu'à supplier :

— Pitié...

Le visage d'Ebora se transforme en masque de haine. Elle lui frappe le crâne violemment en serrant les dents. Tout semble instinctif et les coups s'enchaînent. Le sang éclabousse sa figure, ses vêtements et ses chaussures. Au troisième coup, Valérie ne montre plus aucun signe de vie, mais la jeune sorcière continue car elle se sent bien à massacrer ainsi cette tête. Elle la frappe en tout six fois. La jeune fille admire son arme improvisée tâchée de sang. Cette couleur vive répand une douce chaleur dans son corps. Elle semble absente. Enfin, elle brûle le bâton qu'elle jette ensuite sur le corps. Elle marche lentement jusqu'à chez elle. Arrivée sur le porche de sa maison, Ebora se rappelle qu'elle est couverte de sang. Elle utilise sa magie pour tout effacer.

On ne retrouva jamais le corps. Les policiers posèrent des questions à Ebora mais celle-ci affirma qu'elle pensait que Valérie était rentrée chez elle. Personne ne soupçonnera une jeune fille à l'air si innocent. Ebora cache un carnet sous son lit où elle décrit le meurtre de sa voisine.

J'ai tué ma première victime humaine aujourd'hui. Et j'en suis heureuse.

Ebora sourit en se remémorant le goût du sang sur sa langue. Elle note un dernier commentaire.

De toute façon, personne ne la regrettera.

Chapitre 12
La famille

Théa Cassandre n'est pas une petite fille très joyeuse à la base. Elle doit d'abord grandir sans son père. Sa timidité l'empêche de se faire accepter des autres. Elle se sent bien avec ses amies mais a du mal à se livrer. Sa mère pense que l'air de la campagne lui ferait le plus grand bien. Elle travaille beaucoup néanmoins, dès qu'elle trouve une semaine de vacances en été, elle essaie de la passer chez son frère. Théa se voit donc plus ou moins forcée d'aller chez son oncle. Elle n'est pas vraiment enchantée de passer ses vacances dans une ferme. Il faut la comprendre, ça pue et en plus, il faut travailler là-bas. On n'invite pas les fainéants. Pourtant, ces vacances pourraient s'annoncer comme parfaites et dépaysantes, pour une raison : Isabelle. Sa cousine a seulement un an de moins qu'elle et respire la joie de vivre. Loin de l'agitation de la ville, Théa se sent une autre personne et elle peut jouer avec sa nouvelle camarade comme des sœurs : courir, gambader, rigoler... C'était sans compter sur Ebora. Déjà, elle l'a toujours trouvée intimidante ; ce regard si froid, cette allure hautaine. Pour une raison que la fillette ignore, Ebora l'a prise comme souffre-douleur. Tous les moyens sont bons pour l'humilier et l'éloigner de leurs jeux. Mais en vérité, cela fait bien longtemps qu'elle n'est plus revenue à la ferme. Les trois filles ont toutes bien grandi. La voiture arrive à destination. Tonton Robert et tante Martha l'embrassent chaleureusement. Ebora sort de la maison et lui fait un immense sourire.

— Salut Théa.

Cette dernière est subjuguée. Bon sang ce que sa cousine est jolie ! Ses seins ont poussé et elle a pris des formes. Son teint est encore plus éclatant, on dirait un bouton de rose. Son visage s'est aminci et ses traits ne sont plus aussi durs que dans son enfance. Si elle était mignonne, elle est devenue sublime. Et elle n'a que quatorze ans. En tout cas, elle est ravie de constater que sa cousine se comporte comme une personne normale. Même son regard a changé. À vrai dire, Ebora l'a un peu oubliée depuis tout ce temps. Elle redécouvre cette fillette menue et laide qui ne semble pas être une menace. Elle n'est ni expansive, ni sentimentale, ni orgueilleuse. L'adolescente déteste les gens trop joyeux mais aussi ceux qui sont comme elle, qui se croient supérieurs et qui sont de véritables langues de vipère.

— Coucou tatie, coucou Théa

Isabelle gambade toute guillerette vers elles. Si Ebora est plus dans la retenue, Isa sait vraiment aller vers les autres. Théa se demande bien comment elle fait pour être aussi à l'aise.

— Entrez, je vous en prie, invite Martha. Nous avons des tas de choses à nous dire. Cela fait tellement longtemps ! Ebora, tu peux sortir les apéritifs s'il te plaît.

Tout le monde se retrouve dans le salon. La mère de Théa s'extasie devant la transformation d'Ebora. Martha ajoute fièrement :

— En plus c'est une excellente élève. Elle gagne tous les concours de magie.

— Ah oui, ses pouvoirs se sont encore amplifiés.

— Oh c'est vrai ! Ne m'en parle même pas. Au moins elle les maîtrise de mieux en mieux. Je ne connais pas un sort qu'elle ne sache pas faire au moins à petite échelle. C'est bien pratique pour le travail à la ferme mais j'ai dit à Robert que c'est du gâchis d'utiliser ses pouvoirs ainsi. Avec tout ce qu'elle sait faire, elle pourrait travailler dans le ministère.

— Alors Ebora, qu'est-ce que tu veux faire plus tard ?

— Je ne sais pas encore. Mais je préfère l'idée d'être ministre plutôt qu'agricultrice.

- Ta mère n'arrête pas de me dire à quel point tu aimes l'école.
- Oui, mais c'est vrai que je m'ennuie parfois. Les autres ne sont pas à mon niveau.
- Heureusement que le collège est un des plus réputés des environs, remarque Martha. Ils sont en train de développer une classe spéciale pour les surdoués avec des cours de niveau étudiant et Ebora participe déjà à quelques leçons. J'espère que plus tard, elle pourra avoir un emploi du temps uniquement basé sur cette classe.

Ebora remarque qu'Isabelle fait des grimaces à Théa. Celle-ci pouffe discrètement. L'adolescente n'arrive plus à suivre la conversation des adultes. À chaque fois, son regard se retourne vers les deux jeunes filles. Elle n'a pas touché à son déjeuner.

On a installé un matelas dans la chambre des filles. Théa se sent bien plus détendue maintenant, grâce à Isabelle. Ebora semble subir leur discussion. Au moins, n'est-elle pas aussi désagréable que dans son souvenir. Elle s'allonge sans un mot et éteint sa lampe. Théa et Isabelle discutent longtemps avant de s'endormir.

La couverture est chaude et Théa bascule dans le monde des rêves. Soudain, elle sent quelque chose de doux se frotter contre son visage. Au début ce contact lui plaît mais il finit par devenir un peu trop intrusif. Elle se rend vite compte que ce n'est pas un rêve. Elle ouvre les yeux et voit avec horreur son ours en peluche bouger tout seul. La fillette se redresse en sursaut et crie. Des vers s'échappent de la peluche ce qui augmentent ses hurlements hystériques. Isabelle allume la lumière. Le nounours n'est plus là.

— Qu'est-ce qui se passe Théa ? Tu as fait un cauchemar ?

— Euh... oui, je crois. Désolée de vous avoir réveillé les filles.

— Oh laisse tomber, ce n'est rien, dit Ebora.

La lumière s'éteint. Seules les veilleuses restent allumées car les Lumières ne vivent jamais dans l'obscurité complète. Théa remarque avec étonnement que celle d'Ebora est cassée. À sa place, elle n'arriverait pas à s'endormir. Surtout après ce qu'elle a vu. La jeune fille croit voir sa grande cousine lui faire un clin d'œil. Mais bon, dans la semi-lumière, c'est difficile à dire.

Le lendemain, les filles font une excursion dans la forêt. Ebora en tant qu'aînée, a la mission de surveiller les deux autres. Cela serait super de pouvoir abandonner sa cousine. Elle se rappelle comment elle a tué sa voisine et se demande si elle ne pourrait pas tenter la même chose. Seulement, devant Isabelle, cela risque d'être un peu plus compliqué. Théière, Terrine, ou quel que soit son nom, sa cousine représente une menace ; elle s'entend trop bien avec sa sœur.

– Je sais que ça fait un peu gamin, dit Isabelle, mais on pourrait jouer au chat et à la souris ?

– Oui, hésite un peu Théa qui n'a pas l'habitude des jeux en groupes.

– D'accord, Théa tu es la souris et nous sommes les chats, annonce Ebora.

– Mais il n'y a qu'un chat normalement.

– Et alors ? Ce n'est pas amusant si on fait comme tout le monde.

– Je trouve ça original, admet Isa.

– Comme vous voulez, dit leur cousine.

– Très bien, sourit Ebora, tu as cinq secondes pour courir. Un...

Elle aperçoit une étrange lueur dans le regard d'Ebora, alors Théa s'enfuit aussi vite qu'elle le peut.

– Deux... Trois.... Quatre... Cinq !

Les deux sœurs sorcières commencent à courir. Isabelle s'amuse comme une folle. Elles prennent des directions opposées. Ebora vérifie qu'elle est hors de vue et se téléporte. Un sort aussi complexe et dangereux que celui-ci ne doit pas laisser de place à la peur. Si tu hésites ne serait-ce qu'une seconde, tu as des chances de finir avec un bras en moins. Ebora ne se pose pas de questions, elle. Elle agit. La voilà qui apparaît devant sa cousine, qui tombe par terre sous l'effet de la surprise.

– Eh ! Tu n'as pas le droit ! C'est de la triche !

Aussitôt, Ebora lui tire les cheveux de manière à

avoir son visage en face du sien.

— Je fais ce que je veux, crache-t-elle.

Théa pousse un gémissement de douleur. Un drôle de picotement survient sur sa bouche. En un instant, ses lèvres se transforment en deux vers de terre qui tombent sur le sol. La vilaine sorcière fait léviter les vers devant la fille, sans bouche et terrorisée. Les bestioles sont propulsées sur un arbre.

— Si tu veux récupérer ta bouche, tu n'as qu'à aller la chercher.

Sa cousine n'ose pas bouger apparemment. On entend Isabelle courir aux alentours. Ebora perd patience.

— Bon c'est pour aujourd'hui ou pour demain ? Tu préfères que je te les enfonce dans le cul !

Tremblante, Théa commence à grimper. L'arbre lui donne plein d'échardes et l'escalade est un peu difficile. Ebora sourit d'un air satisfait. La fillette s'empare des deux vers. Cela ne la dégoûte même pas, elle a tellement plus peur de ce qu'il y a en bas. Elle redescend prudemment. Seulement les pas d'Isabelle se rapprochent de plus en plus. Elle va finir par comprendre que quelque chose ne va pas. Ni une ni deux, Ebora fragilise une branche basse qui se brise sous le poids de sa cousine. Elle se retrouve au sol au moment où la benjamine les rejoint. Ebora lui a rendu sa bouche juste à temps.

— Touchée, dit l'aînée en posant sa main sur l'épaule de sa victime qui se remet lentement de sa chute. Maintenant c'est toi le chat et Isabelle et moi sommes les souris.

— On ne devrait pas continuer avec les deux chats, suggère sa petite sœur. Ce n'est pas juste si Théa reste toujours à l'écart.

— Mais elle ne reste pas à l'écart. Ce n'est qu'un jeu. Allez viens sœurette.

— Tout va bien Théa ? Tu es tombée ? demande-t-elle en remarquant que sa cousine ne s'est toujours pas relevée.

— Oui ça va, allez-y, dit-elle en empêchant ses larmes de couler.

Les deux sœurs courent ensemble vers la maison. Théa décide de rester où elle est. Elle ne veut pas encore entrer dans le jeu de cet être cruel. Elle a eu tellement peur ! Là au moins elle est tranquille. Sa mère viendra la chercher quand elle se rendra compte qu'elle n'est pas revenue. Pendant ce temps, Isabelle et Ebora se trouvent près des écuries. L'adolescente conseille à sa sœur de se cacher avec les chevaux. La petite s'enfuit et lorsqu'Ebora est sûre de n'être point observée, elle invoque la pluie.

Une heure plus tard, Théa a retrouvé le chemin de la maison. Trempée jusqu'aux os, on la réchauffe avec plusieurs serviettes et un peignoir.

— Je n'ai jamais vu une pluie aussi forte de toute ma vie ! s'exclame Martha.

— Cela a l'air de s'être adouci maintenant,

remarque Robert.

— Ma pauvre enfant, j'espère que tu ne vas pas attraper un rhume, s'inquiète sa mère.

Ebora regarde avec fierté son travail. Elle raconte à ses parents qu'elles jouaient et que c'est pour cela qu'elles ont perdu la trace de leur cousine. Mais cela ne suffit pas à calmer sa mère.

— On ne devrait pas jouer à chat ou à cache-cache dans une si grande forêt ! Enfin Ebora ! Je t'avais demandée de les surveiller !

— Oui je sais, je suis désolée ! Mais ce n'est pas comme si elle allait mourir non plus !

— Il y aurait pu avoir des gens malintentionnés là-bas.

— Tu parles ! Personne ne vient jamais ici.

— Bon j'en ai marre, si c'est comme ça, je ne te confierai plus rien ! Je croyais que tu avais gagné en maturité mais je vois que tu n'es toujours pas prête pour les grandes responsabilités !

— C'est bon Martha, tente de la calmer la tante, on sera beaucoup plus détendu après un bon dîner et une bonne nuit de sommeil.

— En fait, intervient Théa, je ne pourrai pas dormir dans un vrai lit ? Ce n'est pas que ça me dérange d'être dans la chambre de mes cousines mais j'ai un peu mal au dos et je crois que je suis trop habituée à dormir toute seule.

– Mais oui, pas de problème ma puce, dit Martha. Ebora, tu peux faire le lit de la chambre d'à côté ?

Ebora acquiesce et se retourne. Un immense sourire apparaît sur son visage.

Théa se fait de plus en plus discrète en évitant soigneusement Ebora. Dès qu'elle la voyait arriver dans la cuisine, elle finissait rapidement son petit-déjeuner pour couper court sa conversation avec Isabelle. Lors des balades, elle ne savait pas sur quel pied danser, certes il y avait la présence des adultes mais sa cousine pouvait très bien se venger plus tard d'avoir discuté avec Isabelle. L'adolescente adore le sentiment de peur qu'elle provoque chez Théa. Même si sa présence l'agace au plus haut point, au moins en tire-t-elle une certaine satisfaction.

Sa tante avait peur que sa fille attrape un rhume, or il faut croire que le karma fait bien les choses puisque peu de temps après cette aventure dans la forêt, c'est Ebora qui tombe malade. Manque de chance, cela arrive le jour de la sortie dans un parc d'attractions. Les deux plus jeunes gambadent joyeusement, surexcitées à l'idée de passer une folle journée tandis qu'Ebora crache ses poumons dans sa chambre. Le regard compatissant de sa mère ne l'aide pas à se sentir mieux.

– Papa va rester là avec toi. Demande-lui si tu as besoin de quoi que ce soit.

– C'est bon je vais me débrouiller ! J'ai plus cinq ans !

Elle tousse très fort.

– Allez, rétablis-toi bien ma chérie, dit Martha. Je suis désolée que tu ne puisses pas venir. Je sais que c'est frustrant. Mais pour te consoler on refera une sortie au parc d'attractions, ou toute autre chose que tu aurais envie de faire.

– Lâche-moi un peu avec ça ! T'es sourde ? J'ai pas besoin de ta pitié. Et je m'en fiche de ton parc d'attractions à la con !

Ce n'est pas tout à fait exact. Ce qui embête vraiment Ebora, c'est de rester loin de sa sœur, et qu'une autre prenne sa place auprès d'elle pendant cette journée.

– Je t'interdis de me parler comme ça ! Même si tu es malade.

– Je peux bien crever vous vous en fichez tous !

– Qu'est-ce qui se passe Ebo, pourquoi tu cries ?

Isabelle entre dans la chambre tenant deux poupées dans ses mains. Elle ne comprend pas la vilaine réaction de sa sœur. Cette dernière se mord la lèvre. Elle a encore crier trop fort. Elle a encore insulté leurs parents devant elle. Mais Martha rattrape le coup.

– Ce n'est rien ma chérie. Ta sœur délire à cause de la fièvre. Mais ta présence lui fait du bien, tu peux lui parler si tu veux.

Rassurée, Isabelle se précipite vers sa sœur et lui tend les poupées.

- C'est ma poupée et celle de Théa. Tu pourras prendre soin d'elles pendant notre absence s'il te plaît ? Elles te tiendront compagnie toi qui es si malade. Je te ramènerai plein de bonbons d'accord ?
- Merci, je te promets de m'en occuper, dit-elle en prenant les jouets.
- Je suis tellement déçue que tu ne viennes pas avec nous. On se serait amusé avec Théa.

C'est fou comme elle déteste que sa sœur prononce ce prénom.

- À ce soir Ebo.

La jeune fille voit par la fenêtre les deux femmes et les deux petites entrer dans la voiture. Quand elle les voit s'éloigner, Ebora pense à tous les bons moments que vont passer les deux cousines ensemble. Comme des amies. Dans sa main, la poupée de Théa fond à une rapidité surprenante.

Le soir venu, elles rentrent du parc d'attractions. Les filles ont le visage coloré, des masques, des peluches et surtout, une quantité impressionnante de bonbons. Robert les accueille en les interrogeant sur leur journée.

- Oh excellente, répond Martha, les filles se sont bien amusées. Comment va Ebora ?
- Elle tousse moins déjà mais je ne sais pas si

ça va vraiment mieux.

En vérité, cette dernière les écoute et les voit du haut de l'escalier. Ses yeux sont rougis par la maladie, elle est pâle et son corps frissonne toujours un peu. Mais l'adolescente n'en a rien à faire. Elle fixe sa cousine qui se débarrasse de son manteau. Ebora prend son mouchoir usagé et place son autre main au-dessus. Elle fait s'envoler les bactéries incrustées dans le mouchoir, puis elle souffle en direction de Théa. Les bactéries entrent par toutes les pores de sa peau. Ebora sourit et retourne dans sa chambre.

Le lendemain, Ebora est guérie. Elle se sent doublement mieux en regardant par sa fenêtre ce matin. Théa a des cernes immenses, des yeux tout rouges et vitreux. À la voir si blanche et tenant à peine sur ses jambes, on pourrait se demander si elle ne va pas mourir. La mère de la malade s'affaire à entrer les valises dans sa voiture, terriblement angoissée.

— Cela m'étonnerait que ce soit le rhume de ta fille qui soit contagieux Martha. Le cas de Théa semble bien plus grave. Je devrais même l'emmener à l'hôpital. Je suis désolée de devoir écourter notre séjour comme ça.

— Mais non, je comprends très bien. J'espère qu'elle va se rétablir très vite.

— Maman, je peux lui dire au revoir ? demande Isabelle.

— Non chérie, c'est peut-être contagieux.

Avant de monter dans la voiture, Théa lève les yeux vers la fenêtre qui s'est ouverte. Elle aperçoit Ebora qui la regarde d'un air satisfait. Elle comprend alors que c'est de sa faute. Un frisson glacé lui parcourt le dos.

Chapitre 13
Protégée

Enfin, Isabelle entre au collège de Térograd. Ebora est ravie, elle en profitera pour accaparer son attention vu qu'elle a quitté tous ses amis de la Personnalitis Academy. Sa petite sœur ne peut s'empêcher d'être triste. Ses copines vivent trop loin de chez elle, elle ne les reverra sans doute jamais. Ou peut-être pas qui sait, sa meilleure amie, Cécile Ssss a son père qui travaille au lycée. Il vient d'être nommé directeur adjoint et les deux filles se retrouveront quand elles seront grandes. Elle sait que ses parents font de grandes économies pour payer la Personnalitis Academy à leurs filles, car ils sont convaincus qu'elles ont du talent. Seulement, son talent, elle le doit entièrement à Ebora. C'est un excellent professeur. Pour oublier sa peine, la jeune sorcière essaie d'avoir des pensées positives. Il y aura sa sœur qui l'aidera avec l'organisation stricte du collège et elle rentrera tous les soirs chez elle. Pour ses parents aussi c'est une bénédiction. Ils savent qu'avec la présence de la petite, Ebora se tiendra à carreaux. L'aînée est insupportable, insolente et ne cache pas la haine qu'elle leur voue. Et elle leur en veut toujours d'avoir osé les séparer elle et sa sœur.

En cette rentrée 1988, les deux collégiennes sont conduites par leur mère. Le collège est un peu pareil à ceux que l'on peut trouver dans la dimension de la Terre : il y a peu de cours de magie, surtout des mathématiques, du français, des sciences... La plus grande différence est qu'ici, le collège dure six ans. Ebora passe en B5, c'est-à-dire en cinquième année. On désigne l'école par une lettre : A pour primaire, B pour collège. Ebora au plus profond d'elle-même, était fascinée par les récits que sa sœur lui a fait sur la Personnalitis Academy. Pour elle, il lui fallait l'excellence. Térograd c'est pas mal aussi, mais c'est pas encore suffisant. En premier lieu, elle doit d'abord se rapprocher de sa sœur pendant les dernières années qu'il lui reste à passer dans cette région. S'il y a bien un sujet sur lequel elle s'entend avec ses parents, c'est sur son avenir. Ils ont abandonné l'idée de lui léguer la ferme, elle reviendra à Isabelle. Avec le talent qu'elle a, sa mère la voit parfaitement comme ministre, gardienne ou grande spécialiste de la magie. Ebora rêve d'être importante et respectée. Les longues discussions sur son futur ont abouti à la même conclusion. La puissante sorcière travaillera au gouvernement, peut-être comme ministre de la magie.

Isabelle observe le vieux bâtiment morose. On dirait qu'il a vu tous les malheurs du monde. Son enthousiasme s'est vite dissipé face à la bâtisse. Sa sœur ne cesse de lui parler des prochains tours de magie qu'elle pourrait lui apprendre. Mais la jeune fille doute qu'elle aura le temps. Le collège a l'air très strict et la plupart des professeurs sont réputés comme très sévères. Elle a parlé avec d'autres jeunes de son village et avec Ebora. Il paraît qu'on se sent comme en prison et que la cantine est infecte. Mais ce dernier point est bien le seul qui préoccupe Ebora. Elle aime cette école qui sent le savoir et les vieux livres.

Pendant ces deux premières années de collège, Isabelle ne parvient pas vraiment à être entièrement satisfaite. Elle trouve que l'endroit manque de verdure, que les grands escaliers donnent un air glacial à l'établissement. Surtout, elle n'arrive pas vraiment à se faire des amies. C'est difficile quand on a une sœur qui te colle aux baskets. Elle n'a plus la même admiration pour les pouvoirs d'Ebora, ou plutôt, elle ne veut plus apprendre. Les professeurs sont très surpris de la différence entre les deux sœurs. L'une si réservée et brillante et l'autre pleine d'énergie et de joie de vivre. Ils ne peuvent s'empêcher de les comparer, d'être exigeants avec Isabelle qui n'a pourtant pas les mêmes compétences que son aînée. La jeune collégienne les trouve peu pédagogues et patients, rien à voir avec les instituteurs qu'elle a eu auparavant où ils faisaient en sorte de pousser leurs élèves à donner le meilleur d'eux-mêmes. Ici, on ne fait que les rabaisser. Elle se demande comment Ebora fait pour s'attirer leurs faveurs.

Ebora s'inquiète. Isabelle la rejoint toujours à la récré sur le même banc. A-t-elle des ennuis avec d'autres élèves ? Elle sait qu'il y a quelques voyous dans le coin. Enfin, sa sœur arrive en pleurant.

- Qu'est-ce qu'on t'a fait ? Qu'est-ce qui t'arrive ?
- Ce n'est rien. J'ai eu une mauvaise note c'est tout.

Elle s'assoit et pleurniche. Ebora lui passe un bras autour de ses épaules.

- Ce n'est rien, je peux t'aider à remonter ta moyenne si tu veux.
- Non, j'en ai assez qu'à chaque fois que j'ai un problème, tu sois là pour le régler. Je me rends bien compte que je ne suis pas douée. Ou si je le suis, c'est uniquement grâce à toi.
- Ne dis pas ça ! Tu es une grande sorcière.
- J'ai l'impression que j'ignore tout. Les autres me parlent de leurs problèmes et moi je me rends compte que je ne me sens pas concernée. Parce que je n'ai pas de soucis. Tu es toujours là pour moi.
- Oui je sais, parce que je t'aime.
- Et moi aussi, je te dis mille fois merci pour

ça. Mais tu comprends, j'aimerais faire ma propre vie, mes propres erreurs. Tu dois comprendre qu'aujourd'hui je n'ai plus besoin de toi.

— Tu auras toujours besoin de moi.

— Je vais aux toilettes. On se voit après les cours.

Elle s'éloigne. Le cœur d'Ebora se durcit. Ses yeux ne forment plus que deux fentes. Elle a une forte envie de tuer quelqu'un à l'instant. Elle rejette cette idée de la tête. Pourquoi pense-t-elle ainsi ? Cela n'a rien à voir avec Isa. Au fond d'elle, elle se sent blessée. Elle ne comprend pas la réaction de sa sœur. En quoi est-ce si terrible de la protéger de tout ce qui pourrait lui faire du mal ?

Martha se sent un peu patraque en ce moment. Elle a sûrement attrapé un microbe. Elle prend rendez-vous chez le médecin. L'annonce qu'il lui dit lui fait un choc.

— Vous êtes sûr docteur ?

— Parfaitement.

— Vous avouerez que passer la quarantaine c'est un peu surprenant.

— Je sais mais je ne me trompe jamais.

— Enfin c'est impossible, cela fait des années que j'essaye. J'avais fini par abandonner.

— Parfois nos rêves s'exaucent de la manière la plus inattendue.

Martha ne sait pas trop quoi dire quand elle arrive chez elle. Elle prépare le dîner, elle met la table. Toute la famille mange, comme toujours, Isabelle se révèle être la plus pipelette. À la fin, la mère se lance :

— Je suis enceinte.

Son mari repose sa fourchette, abasourdi. Ebora avale de travers. Seule Isabelle arrive à parler.

— Quoi ?

Elle trépigne de joie. Martha explique la situation.

- — Je sais qu'avec toutes mes fausses couches, c'est un vrai miracle. Voilà pourquoi je ne préfère pas trop m'emballer.
- — C'est sûr que pour une surprise, c'est une surprise, dit Robert.

Au bout de trois mois, le couple reprend vraiment espoir en constatant que l'enfant est toujours là. Ils se mettent aux préparatifs de la naissance. Si au début, Ebora s'en contrefiche, l'enthousiasme de sa sœur est contagieux et elle se retrouve bien malgré elle à décorer la chambre du futur bébé. Les deux sœurs s'amusent comme des folles en faisant léviter les pinceaux pour repeindre la pièce. Elles installent les peluches, les habits. Martha est fière de constater que ses filles prennent à cœur l'agrandissement de leur famille. Et elle attend avec impatience cet heureux événement, prouvant que l'amour combat tous les obstacles.

Ses cheveux sont moins sombres qu'elle ne l'aurait pensé.

Elle ne voit pas son visage cependant. En fait, elle ne sait pas trop où elle est, ni ce qu'elle fait là. Et elle ignore bien si celui qui se trouve devant elle est un enfant, un bébé ou un homme. Elle tend les bras pour caresser sa chevelure, seul élément clair dans tout ce brouillard obscur. Mais il s'éloigne. Des cris de bébé se font entendre puis le sifflement d'une flèche. Un flèche qui vient droit vers son cœur.

Ebora se réveille en sueur. L'adolescente ne fait jamais de cauchemars. Elle ne peut pas avoir peur d'un simple songe. Surtout qu'elle ignore ce qu'il signifie. De toute façon, les rêves veulent vraiment dire quelque chose ? Elle se rendort avec de plus en plus l'impression que c'est l'être de son rêve qui a voulu la tuer. Et qu'il a réussi.

Chapitre 14
Amour et haine

Les filles sont encore à l'école quand Martha accouche d'un petit garçon. Robert le prend dans ses bras. Il lui semble tout fragile. C'est normal de s'inquiéter après tout ce qui s'est passé. L'infirmière le rassure, il va très bien. Le cœur des parents se remplit de joie. Ils sont aux anges.

Un peu plus tard, Ebora et Isabelle font leur apparition. La plus jeune se précipite vers sa mère et le bébé.

- Les filles, je vous présente Gaël, sourit Martha.
- Il est trop mignon.

Intriguée, Ebora s'approche à son tour tout en tenant une certaine distance. Le nourrisson a les yeux fermés et il est tout fripé. Elle se demande si c'était la même chose pour la naissance d'Isabelle mais elle ne s'en souvient pas. D'habitude elle ne ressent aucun sentiment face à un bébé, mais là c'est son frère, cela doit être différent. Sa mère lui propose de le porter. Ebora prend le nouveau-né dans ses bras. Elle le regarde attentivement, attendant qu'il ouvre les yeux pour voir si elle ressent bien quelque chose néanmoins, le petit doit le faire exprès car il n'écoute pas sa pensée. Isabelle aimerait à son tour l'avoir et s'assoit pour qu'on lui pose son petit frère sur ses genoux. Elle est complètement gaga. Ebora sent son corps devenir brûlant et se crisper. Personne ne le remarque cependant.

Deux jours se sont écoulés. On continue de bien s'occuper de Gaël, il ne semble pas avoir de réel problème de santé mais il est assez petit et sa mère a subi plusieurs fausses couches donc il faut être prudent. Ebora est de plus en plus tiraillée entre différentes émotions. Elle rêve de tout ce qu'elle pourrait bien lui apprendre à ce petit frère, il pourrait la comprendre, peut-être même plus qu'Isabelle si jamais il se retrouvait avec le même tempérament qu'elle. Elle ne raffole pas de ce bébé mais elle ne peut pas dire qu'elle le hait comme elle s'y attendait au début. Sûrement parce que c'est encore une page blanche, qui n'a pas été influencé par une éducation de parfait Lumière, un être influençable, sans opinion encore. Oui, elle a hâte de pouvoir en faire ce qu'elle veut. Or ce jour-là, elle retrouve encore et toujours sa sœur s'égosiller, s'émerveiller devant ce nourrisson. Elle lui caresse les pieds et le ventre. Peut-être a-t-il ouvert les yeux devant elle ? Ebora ne le sait pas. Ce dont elle est sûre, c'est que le feu continue de brûler en elle et qu'il ne suffit pas de boire de l'eau fraîche pour s'en débarrasser. Elle tente de respirer profondément, ne comprenant pas ce qui lui arrive. Après tout, il fallait s'y attendre. Isabelle aime tout le monde. Mais jusqu'à présent, elle n'avait qu'une sœur, voilà où est le problème. Elle ne peut oublier tous les moments qu'elles ont passé rien que toutes les deux. Si l'enfant était né avant peut-être que cela aurait été plus facile, mais il est trop tard. Il est de trop dans cette famille. En voyant sa sœur et son frère, la rage monte en elle progressivement, jusqu'à la rendre malade. La magie coule dans ses veines prête à sévir, heureusement Ebora la contrôle bien. Ne plus regarder. S'en aller. Oui, voilà la solution. Et la jeune fille s'en va sans dire bonjour à sa mère. Elle sort de la maternité, elle respire enfin. Elle ne se sent pas mieux pour autant. Tous ses muscles se tendent et son cerveau est en surchauffe. Elle pousse un cri de rage et les plantes qui l'entourent fondent comme neige au soleil.

— Ebora tout va bien ?

C'est son père. Il accourt vers elle se demandant pourquoi sa fille n'est pas avec le reste de la famille.

— Oui, ça va mieux, un petit malaise.

— Tu veux manger quelque chose ?

— Oui, ça m'aidera peut-être.

Il lui tend une barre chocolatée et elle la croque à pleine dents. Les battements de son cœur ralentissent. Sa respiration reprend son rythme normal. Ses mains sont encore un peu moites mais à cela va quand même mieux.

Au beau milieu de la nuit, Robert reçoit un appel. C'est la maternité. Quelque chose ne va pas avec le bébé. Il appelle les filles. Ebora et Isabelle sortent à moitié endormies.

— Il faut qu'on y aille ! Il y a un problème.

Pendant tout le trajet, Robert est angoissé. Il se ronge les ongles et serre les dents. Les jambes d'Isabelle tremblent et Ebora presse sa main pour la rassurer. Quand ils arrivent devant la chambre, pas besoin de chercher bien loin. Ils entendent les cris de Martha.

— Qu'est-ce qui se passe ?! hurle Robert.

— On ne sait pas pourquoi mais Gaël n'arrivait plus à respirer, explique le médecin. On a tenté de le sauver mais il était trop tard. Il est devenu tout bleu. On a cru qu'il s'était étouffé avec quelque chose. Il va falloir qu'on vérifie cela. Je suis sincèrement désolé.

Robert court vers sa femme en larmes et qui continue de crier sa douleur. Ils y ont cru jusqu'au bout. C'était fait, il était né. Cela n'a pas suffi. Isabelle pleure et cache son visage contre la poitrine de sa sœur. Ebora lui caresse les cheveux. Elle est étonnée de ne ressentir aucune peine. Elle sent juste un immense soulagement, comme si on venait de la libérer d'un poids. Elle est en dehors de tout ça.

L'autopsie confirmera un étouffement. Mais la chose la plus étrange, c'est que c'est un immense cafard qui s'est logé au fond de sa gorge. L'enquête n'aboutira à rien.

Ce dimanche d'octobre, Sophie, la sœur de Martha, accompagnée de son mari et de ses deux enfants passent leur rendre visite. Martha a mis de l'ordre dans la salle à manger. Elle aime recevoir et montrer qu'elle est une femme parfaite, attentionnée. Sa grande fille se moque derrière son dos de tous les efforts hypocrites qu'elle fait pour une famille qui ne l'intéresse guère. Quand on est vraiment quelqu'un de bien, on ne se donne pas tout ce mal. Cela vient naturellement. Mais elle est trop polie pour le lui faire remarquer devant des invités. Des bavardages incessants se font entendre tout au long du déjeuner. Laura sa cousine, âgée de dix-neuf ans, est la plus exaspérante de tous. Elle ne fait que raconter sa vie : son nouveau copain, sa dernière année de lycée avec ses examens finaux qui arrivent. Son frère Romain se retient de sortir de table pour jouer sur son portable. Lui au moins il se tait.

— En tout cas, nous sommes de tout cœur avec toi, encourage Martha à l'adresse de sa nièce.

— Enfin avec le peu de neurones qu'elle

possède, pas sûre qu'elle réussisse.

Tout le monde se tourne vers Ebora. Mince ! Elle a parlé à voix haute. Et elle qui espérait ne pas faire d'histoire ! Exaspérée par leurs regards outragés, l'adolescente sort de table.

> — Ebora va t'excuser s'il te plaît ! lui lance sa mère.

Elle fait la sourde d'oreille. Après tout, ils s'en remettront. Ce n'est pas la fin du monde. Elle pense être enfin tranquille dans sa chambre, c'est sans compter sur sa cousine.

> — Je veux des excuses.

> — Je n'ai pas à t'en faire.

Ebora fixe la jeune fille furieuse. Elle trouve cela amusant qu'elle et son frère soient tous les deux blonds alors que les Etole ont la particularité d'avoir les cheveux noir corbeau. Les yeux de Laura brillent de colère.

> — Je vais t'apprendre à m'insulter tu vas voir !

Une main invisible donne une claque phénoménale à la joue de Laura.

> — Tu... tu... tu m'as frappée ?

Ebora est projetée en arrière et sa cousine se met à crier.

> — Comment oses-tu ? Tu n'as pas honte ! Tu te prends pour qui petite peste !

Elle s'enfuit vite de la chambre. Ebora comprend qu'elle va cafter. L'adolescente la rattrape alors qu'elle s'apprête à descendre les escaliers. Une autre baffe frappe Laura qui dégringole jusqu'en bas. Alertés par le bruit, les adultes se lèvent de table et accourent.

— Merde ! jure Ebora.

Elle dit d'une voix paniquée :

— Elle est tombée, je n'ai pas pu la retenir !

Pendant que sa tante appelle les urgences, Ebora fait en sorte de rester seule avec Laura. Elle mime le geste d'attraper quelque chose et un minuscule nuage violet sort de la tête de la jeune fille inconsciente. À l'intérieur, on aperçoit le souvenir de sa chute. Ebora le trafique en chuchotant :

— Tu es tombée toute seule, d'accord ?

Et Ebora disparaît de l'image.

Ebora reste à la maison pour surveiller Romain et Isabelle même si ces derniers sont assez grands pour se débrouiller tout seuls. De toute façon, les hôpitaux ce n'est pas trop son truc. Martha rentre toute seule au bout d'une heure.

— Ils sont restés auprès de Laura. Ils sont encore sous le choc.

— Elle va bien ? demande Isabelle.

— Oui ça va, elle sortira bientôt de l'hôpital. Ebora, j'ai besoin de te parler.

Aïe, c'est mauvais signe. Elle suit sa mère jusqu'à la chambre parentale.

— Ma fille as-tu poussée Laura ?

— Bien sûr que non ! Elle n'a pas dit que c'était un accident ?

- Si, mais elle peut très bien te couvrir.
- Ben voyons, après que je l'ai insultée.
- Réponds-moi sincèrement. As-tu poussée Laura dans les escaliers ?
- Non ! Pourquoi cette question ?
- Je veux juste savoir... si je dois te considérer à présent comme une meurtrière.

Les mots de sa mère sont comme une gifle. Ebora ne comprend pas la violence de ces paroles.

- Mais elle n'est pas morte.
- Non, elle va bien.
- Alors pourquoi tu dis ça ?

Sa mère prend un air grave. Elle finit par dire :

- On vient d'apprendre qu'elle était enceinte de quatre mois.

Chapitre 15
Accepter son enfant

Ebora n'a eu aucune réaction en apprenant la mort de ce petit être même pas encore né. Elle a continué de nier et sa mère a fini par la croire. Martha ne sait jamais comment réagir face à sa fille aînée. À chaque fois elle fait fausse route, elle est soit trop méfiante, soit trop exigeante envers elle. Ebora n'aime pas quand elle la câline et elle déteste encore plus la lueur de peur et de scandale qu'elle lit dans son regard. Elle a l'impression de n'être pas assez bien. Elle ne veut pas faire semblant d'être quelqu'un d'autre. L'adolescente pourrait faire une grande liste complète de tout ce qu'elle reproche à sa mère mais cela ne la mènerait nul part. En décembre 1989, elle obtient son B.N.B (brevet de niveau B) avec la mention très bien. Le soir, c'est la fête à la maison, la jeune fille reçoit plein d'éloges. Maintenant, elle attend avec impatience la réponse de la Personnalitis Academy pour savoir si elle est accepté dans leur lycée. Au fond elle est sûre d'être prise mais c'est une grande impatiente.

Pour passer, le temps, Ebora sort avec Valentina, Val de son surnom. Sa camarade vient du même collège qu'elle et l'emmène faire du shopping. On ne peut pas dire que Val soit vraiment le genre de filles avec qui Ebora traîne. Pendant sa scolarité, elle reste seule ou sinon, elle mange en silence entourée d'êtres aussi intelligents et insociables qu'elle. Val n'est même pas son amie seulement, c'est la seule personne avec qui elle peut faire des achats. D'abord elle doit aller à contrecœur dans des boutiques de vêtements et de maquillage. Elle teste quand même des rouges à lèvres rouges et des tee-shirts noirs. Bon d'accord, sans être une fashionista, la jeune fille prend goût à la mode mais uniquement parce qu'il faut bien donner une bonne image de soi. Val s'agite comme une abeille dans une ruche. Elle parle fort et en faisant de grandes mimiques. Surtout, elle n'arrête pas de la solliciter.

— Oh Eb, ce foulard rouge t'irait super bien.

— Je t'ai déjà dit de ne pas m'appeler Eb !

Elle finit par prendre le foulard. Il faut croire que sa camarade connaît bien ses goûts. La boutique préférée d'Ebora (mise à part les librairies), c'est le magasin de CD. Elle écoute beaucoup de chanteurs Ténèbres parce qu'ils sont agréables à écouter. Comme les enfants sont forcément neutres, les Ténèbres ont le droit de leur faire écouter leur musique, voir leurs danses... Certains font même des films moins violents pour pouvoir être vus par les moins de dix ans. Des histoires où les méchants gagnent à la fin. Seulement, on est dans le monde des Lumières, ces produits sont très minoritaires. Mais ces derniers n'aimeraient pas qu'on dise qu'ils font de la propagande, donc tout le monde a le droit d'encourager les jeunes à suivre leur voie. Enfin, pour Ebora cela ne veut rien dire. Val écoute bien les mêmes chanteurs qu'elle, or elle est aussi inoffensive qu'un agneau. C'est d'ailleurs pour cela qu'elle accepte de faire du shopping avec Val. Elle ne la juge pas sur ses achats. Ebora regarde en cachette les œuvres de réalisateurs comme Le Boucher ou Le Grand Fou et écoute des chanteurs tels Le Bagarreur ou le groupe des Hideuses Sorcières. Tous les Ténèbres ont un surnom et Ebora a beau chercher, elle n'a jamais trouvé leur véritable nom. Val l'interpelle :

— Eb, regarde, il y a un poster assez morbide vendu avec ce CD là.

Elle regarde la scène de carnage sur l'affiche.

— Tu pourrais l'accrocher dans ta chambre ?

— Oui bien sûr, avec ma sœur et mes parents !

— Pourquoi, tes parents ne sont pas d'accord ?

— Ils détestent l'idée que je m'intéresse aux Ténèbres.

— Je ne comprends pas. Tous les ados font ça pratiquement et ils ne deviennent pas des ordures.

- Je sais mais ils sont trop dans leur monde parfait pour se soucier de ce détail ! Tu veux dire que ça ne dérange pas tes parents à toi ?
- Bah bien sûr ils ne sont pas enchantés non plus, mais ils me laissent faire. Ils pensent que cela va passer. Et ils m'aimeront toujours, même si je finis Ténèbre.
- Alors là, tu me fais marcher !
- Non ! Tu sais, l'amour c'est aussi accepter que l'autre ne soit pas exactement comme tu l'imaginais.
- C'est exactement ce que je ressens avec ma sœur !
- On ne peut pas tout pardonner mais juste laisser la personne grandir et se trouver. Enfin, c'est ce que mes parents me disent.
- Tu en as de la chance.

À ce moment-là, Ebora a l'impression d'être une plante qui aurait poussé exactement comme ses parents l'auraient voulu.

Lorsqu'elle rentre à la maison, ses parents l'attendent avec une lettre.

- Regarde ma chérie, c'est pour toi !

Martha lui tend l'enveloppe. Ebora la prend.

- Merci je la lirai dans ma chambre.
- Mais on veut la lire nous aussi.
- Vous vous mêlerez toujours de ma vie n'est-ce pas ?

— Enfin Ebora...

— Vous pouvez pas supporter que j'aime autre chose que vous.

— Que veux-tu dire ? demande son père.

— À chaque fois je dois regarder vos films stupides à la télé, rire à vos blagues, manger ce que vous voulez. Mais il y a d'autres parents qui demandent leur avis parfois à leurs enfants. J'ai seize ans et je me rends compte que vous ne me connaissez même pas !

— Mais bien sûr que si, se défend Martha.

— Ah oui ? Alors qu'est-ce que j'aime ?

— Ta sœur.

— Cela ne suffit pas !

— L'école, les livres, la magie...

— Mais vous ne me connaissez pas par cœur ! Vous savez, toutes les bêtises que j'ai faites, pour vous ce n'étaient que des idioties or pour moi c'était plus que ça. J'aime les histoires de meurtre. J'aime la couleur et le goût du sang. J'adore assister à des bagarres et à des tentatives de manipulation. J'adore le feu. J'adore contrôler les animaux et non pas les câliner. J'adore la forêt seulement pour m'y cacher et changer le paysage mais pas pour me balader et écouter vos sermons. Je n'ai pas envie d'être comme vous. Je n'ai pas envie d'être parfaite.

– Mais on ne te demande pas d'être parfaite, seulement d'être gentille.

– Ce n'est pas parce que je ne suis pas gentille que je suis un monstre ! J'ai essayé d'être une enfant sage, j'y arrive pas, mais au lieu de me soutenir, vous faîtes tout pour cacher aux autres ce que je suis vraiment. Personne ne me connaît, même pas ma propre sœur. À cause de vous elle ne pourra jamais m'accepter parce qu'elle ne pourra jamais comprendre ! Le monde n'est pas tout blanc ou tout noir ! Vous avez cette impression parce qu'on a séparé les Lumières des Ténèbres seulement je vais vous dire : si c'était une entité supérieure qui choisissait pour nous, vous seriez des Ténèbres, parce que vous faîtes le bien seulement par obligation et pas juste par sentiment. Et si vous ouvriez vos yeux, vous verriez que tous les Lumières ne sont pas parfaits. Alors laissez-moi devenir une mauvaise Lumière !

Elle se précipite dans sa chambre mais ses parents lui barrent la route en se téléportant. Son père lui donne une gifle monumentale. Elle en reste bouche bée.

– Tu crois vraiment que ta mère et moi voulons t'empêcher de t'exprimer ? Mais tu te trompes. On a toujours voulu le meilleur pour toi et on savait que tu ne nous décevrais jamais quoi qu'il arrive. Mais depuis le jour où tu as tué Cookie, on ne peut plus te faire confiance. On ne pouvait plus assimiler ça seulement à ta puissante magie comme avec le cerf, là c'était de la pure méchanceté. Tu n'as pas que des goûts violents, tu es dangereuse et tu te comportes comme si le monde te devait tout. Mais je vais te dire une bonne chose Ebora, tu n'es pas toute seule sur Terre ! Il y a d'autres personnes dont tu devrais te soucier ! Ce que tu fais relève de la pure haine et de la pure folie.

— Tu me traites de folle ?

— Ce que je veux dire, c'est que tu es égoïste et malsaine.

— Allez-vous en !

Ses parents sont projetés à l'autre bout du couloir. Leurs yeux s'écarquillent de stupeur et d'effroi. Cela ne dure que trois secondes car juste après, Ebora efface leurs souvenirs. Elle ne voudrait sûrement pas être envoyée au CEPEACT. Heureusement, Isabelle était à un cours de danse et elle n'a rien vu de la scène. Ebora retourne dans sa chambre et pleure. Elle pleure parce qu'elle sait à présent que ses parents ne l'aimeront jamais comme elle voudrait qu'ils l'aiment.

Chapitre 16
Le lycée

Après avoir passé une semaine au ski en famille, ce qui est plutôt rare pour eux qui doivent s'occuper de la ferme, Robert et Martha acceptent que leur fille entre à l'école un peu plus tôt que prévu. Le lycée ouvre ses portes début janvier, soit deux mois avant la rentrée. Cela permet aux élèves de ne pas venir tous en même temps et pour les premières années, qu'ils se familiarisent plus avec leur nouvel environnement. Ebora a tout organisé : elle a fait sa valise, son sac, a vérifié les horaires du bus. Elle prend celui de 8h47. Enfin, le 20 janvier 1990, le jour du départ est arrivé. L'adolescente se hâte pour partir. Impatiente, elle crie à ses parents et à sa sœur de se dépêcher. Le vent est glacial, Isabelle grelotte, mais elle n'aurait manqué le départ de sa sœur pour rien au monde. À l'arrêt de bus, elle n'hésite pas une seconde à sauter dans les bras de son aînée.

- Tu vas me manquer terriblement.
- Je sais, toi aussi. Mais ce n'est pas la première fois qu'on est séparé. Je te souhaite de bien t'amuser au collège.

Térograd c'était bien, là où elle va c'est dix fois mieux. Le bus arrive. Il n'y a pas de portières comme sur tous les véhicules mais un bouclier transparent l'entoure pour protéger les passagers du vent et du froid. Ce bus-là va loin alors il a des places assises. Le chauffeur attrape sa valise qui se fait avaler par le sol magique du véhicule.

- Ebora, sois sage surtout, lui dit sa mère, travaille bien.
- Et prends soin de toi, ajoute son père.
- On t'aime fort, sourit tristement Isabelle.
- Merci, au revoir.

Elle monte dans le car bien rempli. Elle finit par trouver une place et voit sa famille lui faire signe. Elle leur rend leur salut. Le voyage commence. Les enfants et les adolescents bavardent bruyamment tandis qu'Ebora regarde le paysage, son sac à dos sur les genoux. Elle plonge dans ses pensées. Elle aurait tellement voulu qu'Isabelle vienne avec elle. Mais rien ne l'empêcherait de profiter à fond de cette nouvelle liberté car enfin, ses parents ne seraient plus sur son dos et ne lui reprocheraient plus rien. Le voyage dure plus de deux heures avant qu'Ebora ne voit pour la première fois le lycée de ses rêves. Les autres enfants l'aperçoivent eux aussi et leur tapage se fait plus bruyant encore.

On est toujours heureux de découvrir une nouvelle école pour très vite avoir envie d'en sortir. Néanmoins pour Ebora, c'est différent, elle adore les études. Elle est certaine de réussir les examens finaux. Mais bon, on n'y est pas encore. La jeune fille attend que la foule entre dans le bâtiment, avant de la suivre à son tour. Elle ne se préoccupe pas de sa valise, elle sait qu'elle la retrouvera dans sa chambre. Le hall principal est grand et spacieux. Il y a tellement de monde qu'Ebora sent sa tête tourner dans tous les sens. Où faut-il aller ? Les indications ne sont pas très précises. Elle aperçoit une table où un homme fouille des registres. Il y a une longue file d'attente. Ce doit être là pour confirmer sa présence et prendre connaissance du numéro de chambre. D'ailleurs, le plus gros point négatif ici, c'est le partage. Oui, elle est habituée à avoir une autre personne avec elle pour dormir, mais il s'agit de sa sœur, pas de vulgaires inconnues. Après un long moment à faire la queue, Ebora arrive devant un homme très poilu qui vérifie le nom des élèves sur des papiers et sur son ordinateur.

— Nom, prénom, âge et nature s'il vous plaît.
— Ebora Etole, 16 ans, première année et je suis une sorcière.
— Alors... Oui, c'est bon, vous êtes chambre 286B.
— Pourquoi B ?
— Parce qu'elle communique avec la chambre

286A.

– Quoi ? Vous voulez dire que les filles d'à côté peuvent entrer dans ma chambre ?

– Oui, d'ailleurs il y a trois salles de bains pour quatre.

– Non, ce n'est pas possible ! Normalement on est regroupé par deux. Trois si vraiment on ne peut pas faire autrement. Mais quatre, non, ce n'est pas possible ! Vous devez me changer de chambre.

– Écoutez, ce n'est pas vous qui décidez. On est qu'au début de l'année, vous aurez tout le temps après d'aller voir au secrétariat si ça se passe mal. Maintenant circulez.

Elle déglutit. Cela commence bien. Pour se calmer un peu, elle décide de visiter le lycée avant de monter jusqu'au dortoir. Elle passe beaucoup de temps à la bibliothèque. Ebora remarque qu'une grande quantité d'ouvrages lui est interdit pour l'instant. Cela attise sa curiosité. Au déjeuner et au dîner, elle se place seule à une table. Enfin, plus de légumes du potager, voici un vrai repas industriel ! Tout semble si parfait, l'adolescente découvre avec émerveillement les lieux. L'école est immense et elle a l'impression de pouvoir y trouver tout ce dont elle a besoin. Cette belle journée s'achève tristement car elle doit à présent se rendre dans sa chambre située au bout d'un long couloir. Elle entre d'un coup et une voix lui parvient aussitôt.

– On t'as pas appris à frapper avant d'entrer ?

Une jeune fille en chemise de nuit se tient devant son bureau et la fusille du regard. Elle a une chevelure couleur des blés qu'elle a nouée en deux nattes, et de grosses lunettes.

— Bien sûr que si, sauf quand il s'agit de ma chambre. Même si tu es là, cela ne change rien.

Elle lui jette un regard noir avant de replonger dans son livre. Ebora range ses affaires. Elle remarque le lit superposé où les draps de la couchette du bas sont déjà faits.

— J'espère que ça ne te dérange pas, lui dit la binoclarde. Comme je suis arrivée la première, il est normal que j'ai choisi mon lit.

Sans commentaire, Ebora trouve la salle de bain et se déshabille. Après avoir enfilé son pyjama, elle retourne dans la chambre et se couche. Sa colocataire ferme son livre et lui dit :

— En fait, je m'appelle Zita. Et toi ?

— Ebora.

Elle s'endort rapidement pour échapper à la discussion qui pourrait suivre.

Il lui a fallu toute une matinée pour essayer les différentes tenues qu'elle porterait tout au long de l'année. Elle pourrait même prendre ses propres vêtements qu'on ne remarquerait pas la différence vu que les sorciers sont en noir. À la cantine, elle a la désagréable surprise de voir Zita s'installer en face d'elle. Pas un mot cependant n'est échangé.

Elle remarque quand même que sa camarade a pris comme elle un sandwich plutôt qu'un hamburger. Peut-être qu'elle aussi n'aime pas ça ? Les livres, les sandwichs, ce serait vraiment incroyable si elle avait les mêmes goûts qu'elle ! Et pourquoi est-elle là alors qu'elle ne semble pas l'aimer ? Les deux filles remontent ensemble au dortoir. Elles sont plongées dans la lecture quand on frappe à la porte, celle qui mène dans la chambre d'à côté.

> — Entrez, dit Zita alors qu'Ebora aurait préféré que personne ne vienne les déranger.

Dès qu'elle aperçoit les deux jeunes filles, elle sait tout de suite qu'elles n'ont pas l'air aussi sérieuses que Zita. La première est une elfe, et comme quatre-vingt-dix pour cent de la population elfique, sa beauté est à couper le souffle. Ses formes sont généreuses, ses cheveux d'ébène ondulent derrière son dos et ses yeux dorés scrutent les inconnues d'un air supérieur. D'habitude, tout le monde porte sur elle un regard d'envie, mais ni Zita, ni Ebora ne semblent impressionnées. Elles sont plutôt indifférentes.

> — Salut, moi c'est Béa. Comme on partage presque nos chambres, je me suis dit que ce serait bien de faire connaissance.

> — Enchantée, je suis Zita, mais c'est pas le bon moment là. Je suis en train de lire un livre sur l'Antiquité.

Béa hausse les épaules.

> — Et alors, c'est important ? Tu peux arrêter de

lire deux secondes ?

- Lire est bien plus intéressant que de vous parler, intervient Ebora.

Zita lui lance un regard reconnaissant et les deux filles s'adressent un petit sourire en coin. Béa reporte son attention sur Ebora.

- Je t'ai déjà vu quelque part, non ?
- Peut-être, j'ai été élue meilleure élève de Térograd.
- Un collège du Nord, rien de très prestigieux quoi. Moi aussi j'ai été élue dans mon école.
- Pourtant tu n'as pas l'air d'avoir l'intelligence incarnée.
- Toi non plus.

À voir la tête de Zita, elle non plus n'aurait jamais pensé que ces deux adolescentes magnifiques mais aussi très superficielles puissent être premières de classe.

- Je crois que je vais aller chercher mes fournitures scolaires, déclare Ebora.
- Très bien, on vous laisse alors.
- Heu... En fait, moi c'est Prune.

Elles avaient totalement oublié leur dernière camarade. Prune a les cheveux roses et bouclés, des yeux bleus-verts et un nez minuscule. Sa nature est difficile à déterminer, en tout cas ce n'est ni une naine, ni une dragonne, ni une harpie. Béa et elle retournent dans leur chambre. Zita se tourne vers elle.

- Je ne savais pas que tu avais le sens de la répartie.
- Je ne l'ai pas fait pour te rendre service.

Elle sort. Ses camarades sans intérêt pourraient très bien lui gâcher son année scolaire. Mais non, en y réfléchissant, Ebora se rend compte que cela sera comme les autres années. Une fois qu'elles se rendront compte de qui elle est vraiment, elles arrêteront sûrement de lui parler.

Chapitre 17
Premiers cours

Il y a une longue dispute sur qui partagera la troisième salle de bain. Chacune veut en avoir une pour elle toute seule. Béa et Prune finissent à deux mais comme l'elfe est une créature nocturne, elle pourra très bien occuper la pièce avant le réveil de son amie. Ebora en vient à la conclusion que Prune est soit une sorcière, soit une sirène. Elle parie sur la deuxième option.

Ce matin, la jeune lycéenne vérifie son emploi du temps une millième fois. Elle est dans la section sorcier F. Cela fait bizarre de savoir qu'à présent, elle ne sera plus mélangée avec les autres créatures en classe. Le but du lycée est surtout d'apprendre tous les secrets de sa personnalitis que les mathématiques ou le français, et de ce fait, on les sépare après le collège. À huit heures, elle est la première à entrer en classe d'anglais. Elle se met au premier rang en face du bureau du professeur. Elle sort ses affaires et écrit son nom à l'intérieur de son cahier. Les autres élèves débarquent et quelqu'un s'approche d'elle timidement.

— Bonjour, je peux me mettre à côté de toi ? Il n'y a plus de place.

Elle lève les yeux vers son interlocuteur. Le jeune homme est couvert d'acné, très grand et mince comme un clou.

— Ben je suppose que tu ne vas pas rester debout, répond-t-elle sur un ton comme si elle le prenait pour un imbécile.

L'adolescent sourit et prend place, ébouriffant ses cheveux châtains bouclés au passage.

— Je m'appelle Albert. Albert Foulmio.

— Ebora Etole.

Le cours commence. Ebora reste très concentrée quand elle remarque que son voisin n'arrête pas de la regarder. Elle connaît ce regard : cela veut dire qu'elle lui plaît. Pourquoi faut-il toujours qu'elle tombe sur des crétins ? Malheureusement, en éducation civique et en sciences de la magie, il se met aussi à côté d'elle, jetant quelques fois des coups d'œil dans sa direction. En quelques heures, il n'arrête pas de se montrer maladroit, timide et collant. Au déjeuner, elle n'hésite pas à manger avec Zita pour ne pas le retrouver.

— Alors, c'était bien cette matinée ?

— Super, sauf qu'il y a ce sorcier... Tu connais Albert Foulmio ?

— Ce n'est pas le type bizarre là ?

– Sois plus précise, tous les gars que je connais sont étranges.

Elle se met à rire et Ebora la déteste pour cela.

Cet après-midi, elle a Mr Cheman en Sortilèges. Aujourd'hui, on fait de la pratique, les élèves sont donc dans une salle plus grande. La jeune fille se glisse entre deux personnes pour ne pas être avec Albert. Le professeur déclare d'une voix forte :

– Cela fait cinq ans que je travaille dans ce lycée. Et je peux vous dire que vu le niveau médiocre de mes élèves, j'ai déjà envie d'arrêter. Vous avez plutôt intérêt à bosser dur si vous voulez parvenir à l'excellence. Voyons voir de quoi vous êtes capables. On va travailler les bases : sortilège de création, de modification et de destruction. Si vous ne savez pas les maîtriser maintenant, alors vous avez raté toute votre année scolaire. Qui veut faire une démonstration ? Oui, mademoiselle heu... ?

– Ebora Etole.

– Très bien, allez-y.

Ebora se lève et fait face aux autres. Elle apparaître une douzaine de livres qui volent autour des élèves. Ils changent soudain de couleur et des pattes d'insectes ornent leur reliure. Des oiseaux arrivent dont leur bec prend bientôt la forme d'un stylo plume. Les ouvrages s'ouvrent et les volatiles écrient sur les pages blanches. L'encre devient rouge, puis bleue, plus liquide ou plus épaisse. Enfin, tout disparaît dans un « pouf ». Tout le monde la regarde bouche bée. Quand Ebora retourne à sa place, Mr Cheman la félicite.

— C'est excellent, vous avez un véritable don !
Elle sourit, contente d'avoir montré de quoi elle était capable.

À la fin du cours, Mr Cheman l'interpelle. La jeune fille avance vers le bureau, elle est toute ouïe.

— Qu'y a-t-il professeur ?

— Je sais que vous n'êtes qu'en première année, mais pour moi vous avez déjà le talent suffisant pour participer à de grands concours de magie. Qu'en pensez-vous ?

— Cela me ferait très plaisir. Il faut que je me prépare.

— Je serai là pour vous aider. Je peux vous inscrire à de nombreux prix. Je sens que vous allez participer activement à la renommée de cette école !

— Merci professeur.

Elle termine la journée sur un petit nuage. Elle se sent puissante, invincible. Personne ne pourrait lui enlever cela. Même après les devoirs dans la salle d'étude, Zita et elle continuent de travailler dans leur chambre, en silence. Ce n'est pas le cas de leurs voisines qui bavardent bruyamment. Ebora aimerait jeter un sort d'insonorisation mais elle croit bien que c'est interdit de pratiquer la magie en dehors des cours. Elle remarque que Zita se gratte beaucoup.

- Tu as un problème ?
- Non, je n'aime pas les questions indiscrètes.
- Excuse-moi, je demandais par curiosité, pas par empathie.
- Et bien justement, la curiosité est un vilain défaut.
- Quel défaut n'ai-je pas ?
- Que veux-tu dire ?
- Rien, laisse tomber. Je vais me coucher.

Ebora ferme les yeux en pensant à cette journée. Elle est sûre que tout se passera pour le mieux, loin de la ferme et de ses parents. Elle se sent libre, enfin.

Chapitre 18
Une élève presque parfaite

Les semaines, les mois suivants, les cours se déroulent à merveille. Ebora a acquis une certaine notoriété car les élèves ont trouvé de vieux reportages sur elle : le premier bébé avec des pouvoirs. De plus, ils trouvent cela incroyable qu'elle puisse si facilement utiliser la magie sans prononcer de formule. La jeune fille entend cette histoire de bébé prodige depuis toujours, mais elle adore être le centre de l'attention. Enfin, jusqu'à un certain point puisque ensuite les élèves se permettent de s'asseoir près d'elle à la cantine ou de lui demander des conseils en classe. À coups d'humiliations et d'injures, Ebora a tôt fait de les éloigner. Bientôt, au lieu d'inspirer l'admiration, c'est la crainte qu'elle fait ressentir. Certains par contre, ne sont pas effrayés par elle notamment Zita, Béa et Albert. Bon à part l'elfe, elle n'a pas fait grand chose pour pourrir la vie des deux autres, juste quelques insultes de temps en temps. Ebora se fiche de paraître snob ou prétentieuse, du moment que les professeurs continuent de la croire parfaite. Justement, c'est peut-être à cause de la crise d'adolescence, mais la jeune lycéenne se trouve de plus en plus impulsive et insolente, même envers les adultes. La discipline n'est certes pas pareil qu'à Térograd, néanmoins elle espérait que l'autorité serait beaucoup plus dure, méchante et non pas encourageante. Elle commence à souffrir du fait que personne ne lui ressemble vraiment. Ainsi, pour la première fois, Ebora se retrouve en retenue et convoquée chez le directeur pour mauvais comportement. Seul Mr Cheman n'a pas à subir sa mauvaise humeur. Devant le chef d'établissement, c'est pire. Ebora n'arrive pas à contenir sa rancœur et son sentiment de supériorité. Le directeur n'aime pas vraiment son attitude.

– Mademoiselle Etole, vous êtes une élève brillante. Mais mon lycée prône une certaine discipline et si je vois que vous n'êtes pas capable de faire preuve de gentillesse et de respect envers autrui, je me verrais dans l'obligation de vous renvoyer.

– Depuis quand faut-il être gentille pour étudier ? Ce que j'aime dans l'école c'est justement que peu importe notre personnalité, on a tous les mêmes chances d'apprendre.

– Vous vous trompez, car vous oubliez que l'on apprend aussi une chose toute aussi importante que le savoir : le savoir-vivre. Et c'est cela qui vous fait défaut.

– Alors je serai gentille.

– Oui, et cessez de prendre cet air supérieur qui m'exaspère au plus haut point.

– Désolée monsieur.

À cet instant, elle aurait bien aimé tester ses pouvoirs sur le directeur mais elle s'imaginait bien que la pièce devait être remplie de protections magiques ou au moins de caméras. On le remarquerait tout de suite. Ebora n'a d'autre choix que d'obéir. Mais cela va s'avérer beaucoup plus difficile que prévu.

Ebora est excellente dans toutes les matières. Toutes, sauf le sport. Et il y a cinq heures par semaine consacrées à l'activité sportive. L'enfer sur Terre ! Même Zita est d'accord avec elle pour dire que les muscles ne servent à rien face à l'intellect. Malheureusement, Zita n'est pas dans sa classe, son seul soutien c'est Albert, qui est encore plus mauvais qu'elle. Elle rigole avec les autres quand elle le voit tomber par terre à chaque fois, ou qu'il devient tout rouge après avoir couru même pas deux minutes. Ce vendredi, les élèves doivent monter à la corde. Madame Fusain les fait passer un par un et note tout sur une fiche. Ebora ignore si elle les note ou non. Pour elle, grimper c'est mission impossible. Pourtant elle fait du sport, elle sait nager, elle pratique l'équitation à la ferme, mais quand même ! Il ne faut pas trop lui en demander. Même voir Albert tomber par terre ne suffit pas à la faire sourire cette fois. Elle n'éprouve pas de stress, elle n'a juste pas envie d'être là.

— Ne t'inquiète pas, lui dit Albert, je serai là pour t'encourager.

— Ne le fais pas, tu pourrais me porter malheur.

— Je suis sûr que je porte bonheur au contraire. Celui-là, il réplique toujours ! Ebora soupire et il finit par comprendre qu'il l'irrite. C'est au tour d'Ebora, elle avance devant beaucoup de regards noirs qui ne se sont toujours pas remis de ses mauvais tours. Elle commence à grimper. Ses mains sont moites sous l'effort. L'adolescente en a déjà marre, tout ceci est si ridicule ! À mi-parcours, ses forces la lâchent et elle tombe sur le sol ce qui déclenche les rires de ses camarades. Contrairement à Foulmio, les nerfs d'Ebora sont à vif face aux moqueries, elle perd tout contrôle d'elle-même. La corde se redresse brusquement et claque avec une violence inouïe projetant tout le monde à terre. Les élèves tiennent leur joue devenue rouge, même Mme Fusain, qui a du mal à comprendre ce qui se passe et dont une larme perle au coin de son œil sous la douleur.

— Qu'est-ce qui s'est passé ? Qui a utilisé son pouvoir ?

– C'est moi madame, dit Ebora en se relevant.

– Mademoiselle Etole, votre comportement est inadmissible ! Vous aurez deux heures de retenue !

– Pas de problème salope.

Les mots lui ont échappé et tous poussent un cri horrifié. Mme Fusain est de plus en plus scandalisée.

– Comment m'as-tu appelée ? Tu te prends pour qui ? Petite insolente, tu n'as...

Elle reçoit la claque à distance qui la fait chanceler et reculer de plusieurs pas. Ses yeux s'écarquillent de stupeur et de colère. Ebora sourit.

– Cela ne me dérange pas madame. Faites ce que vous avez à faire.

– Je... je vais demander ton renvoi définitif petite garce !

– Salope ! crache Ebora.

Alors là, hors de question de tout perdre à cause de cette minable ! Elle sent qu'un sort est en train d'agir sur ses lèvres. C'est Mme Fusain qui la punit en la réduisant au silence. Ebora se concentre et imagine le sort qui se heurte à une paroi invisible. La magie résiste, mais Ebora a encore le contrôle de sa parole. Elle peut agir avant qu'il ne soit trop tard. Et pour une fois, elle crie très fort sa demande.

– Oubliez toutes ces dernières minutes ! Oubliez que je dois passer pour monter à cette fichue corde !

Ils se mettent à vaciller, comme sur le point de tomber. Puis ils reprennent leurs esprits et le cours continue. Ebora sent que le sortilège du professeur a disparu. Elle a réussi. Cependant, elle se jure d'être plus discrète à l'avenir. Ce lycée est son rêve et on peut très bien le lui enlever. Une fois qu'elle aura terminé ses études, elle pourra se venger, les tuer tous. Aucun élève ne remarque toutes ces joues rouges. Même Albert a été frappé alors qu'il ne s'est pas moqué d'elle. Mais l'adolescente en le voyant, n'éprouve pas le moindre remord. Seulement, en y réfléchissant, elle se dit qu'elle aurait bien besoin d'un allié, quelqu'un prêt à la couvrir, à lui obéir en toute circonstance et Albert est exactement la personne qu'il lui faut.

Chapitre 19
Alex Marsial

Au fil du temps, Ebora a dressé une liste très claire de toutes les personnes qu'elle déteste. Elle peut les classer facilement par ordre de pénibilité. Les pires, ce sont ses parents qu'elle hait de tout son cœur. Ils ne la comprennent pas et alternent entre l'amour, la peur et le mépris envers elle. Aucune de leurs attitudes ne lui convient. Les autres membres de sa famille sont tout aussi insupportables et dans la tendresse permanente ou l'hypocrisie. Il en est de même pour son professeur de sciences de la magie, Mme Vaudant, qui au moins ne fait pas semblant d'être gentille, mais elle l'est beaucoup trop, et si mièvre en plus. Elle peut compter sur Foulmio aussi qui est sans doute le moins insupportable de tous. Il est collant, idiot, naïf, néanmoins c'est un excellent partenaire en classe. Ils se mettent toujours ensemble pour les travaux en binôme, ainsi, ces deux génies parviennent à chaque fois à obtenir la meilleure note. Il l'aide en informatique et dans les sciences, elle lui donne un coup de main en sortilèges. Ses autres ennemis l'agacent d'une façon différente que cet amour excessif. Béa par exemple, est l'image même d'une peste qui se croit exceptionnelle. Les deux filles n'ont pas fini d'être en compétition. L'elfe est la seule qui lui répond et qui n'a pas peur d'elle. Son amie Prune, ainsi que les autres filles sont tellement cruches quand elles commencent à parler de garçons. D'ailleurs Ebora n'arrive pas à se représenter un homme intelligent, au sens où il peut contrôler sans se laisser dominer par ses émotions, ses pulsions. La jeune sorcière en vient à la conclusion qu'il y a peu de place pour l'amour dans sa vie et elle ignore pourquoi. Peut-être que ce serait plus simple si elle était comme tout le monde, si elle pouvait exprimer de l'affection pour ceux qui l'entourent. Or elle ne sait pas comment faire. Tout lui semble si insipide en comparaison à son si grand pouvoir. Ebora grandit, et elle ressent enfin pour la première fois la solitude. Mais ce sentiment passe vite. Souvent en se consolant de ne pas avoir de réelle amie, elle se dit qu'au moins, la cohabitation avec Zita se passe bien. Cette dernière est facile à vivre, en effet elle lit tout le temps, elle déteste les bavardages inutiles et parle donc presque que des cours. Elle est très intelligente, pas autant qu'Albert, mais tout de même assez surprenante. Zita et elle mangent ensemble, travaillent ensemble au lieu d'aller aux veillées... Il lui arrive même de sourire à ses remarques. Dans le lycée, on les traite de « frigides » ou de « vierges des glaces ». Au fond elle s'en fiche. S'il y a bien une chose qui n'intéresse pas Ebora, c'est bien la sexualité. Elle se demande même pourquoi cela passionne tant les jeunes. Encore une chose qu'elle n'a pas en commun avec les autres.

- Dis Zita, ça ne t'intéresses pas de savoir ce qu'il y a dans les livres interdits ?
- Si bien sûr, mais je ne vais pas risquer de me faire punir pour des bouquins.
- Mais pourquoi n'a-t-on pas le droit de les lire ?
- Parce qu'ils considèrent qu'on n'est pas encore assez mature pour ça. La plupart de ces ouvrages parlent des Ténèbres.
- Qu'est-ce qui peut bien y avoir d'intéressant chez les Ténèbres ? À chaque fois qu'ils commettent un méfait, ils se font prendre. Ils sont pathétiques.
- Je suis bien d'accord. On a de la chance d'avoir d'excellents gardiens pour notre protection.
- Je n'ai besoin de personne pour me protéger.
- C'est sûr avec les pouvoirs que tu as.

Soudain, un attroupement se forme en dehors de la cantine et un brouhaha de paroles se forme.

- Que se passe-t-il ? demande Ebora.

— C'est Alex Marsial, annonce quelqu'un à côté. Il vient d'inonder trois halls déjà. Ce mec n'en rate pas une.

La personne retourne vers la foule d'élèves. Elle semble un peu trop enthousiaste compte tenu de la situation.

— C'est qui lui ?

— Alex Marsial, tu n'as jamais entendu parler de lui ? C'est un sorcier comme nous, explique Zita. C'est le pire des voyous de cette école. Il adore s'attaquer aux brutes. Il se croit assez malin et agile pour s'en sortir. Parfois on le voit se faire ruer de coups par les elfes beaucoup trop forts et rapides pour lui. Il aime bien la bagarre, et aussi semer le chaos.

— Je vois, un individu sans intérêt.

— Sans rien dans le cerveau oui.

Pendant deux mois, Ebora n'entend plus parler de ce Alex Marsial. Elle l'aperçoit quelques fois en retenue ou dans les couloirs. C'est un garçon plutôt mince et pâle avec des cheveux noirs en bataille. Il aborde toujours un grand sourire espiègle. Elle ne voit pas comment un fauteur de troubles comme lui fait pour être encore dans ce lycée à cette heure. Il devrait être renvoyé. Il a toute une bande de copains qui le suit. Il prend plaisir à être le meneur, cela se voit. Il parle beaucoup trop fort, il se fait tout le temps remarquer. Comment a-t-elle pu ne pas savoir qui c'était avant ? Ebora sait que les cancres sont les plus durs à ignorer justement à cause de leur talent pour détourner les autres de leurs études. Heureusement qu'il n'est pas dans sa classe. Et après ces quelques fois à le croiser dans les couloirs, elle finit par l'oublier complètement.

En ce mois de mai, Ebora se promène dans les jardins, lisant une lettre que lui a envoyé sa sœur. Soudain, une voix criarde la déconcentre dans sa lecture. Elle lève les yeux. Près d'un arbre, elle voit Alex Marsial en grande discussion avec un garçon qui fait au moins deux fois son poids. Comme à son habitude, il est dans la provocation.

    — Mais tu sais Marcus, c'est pas avec tes gros bras que tu vas m'impressionner. Tu me prends de haut alors que t'as rien dans le cerveau !

    — Hé mec, t'as fait une rime ! rigole un de ses copains.

Ebora lève les yeux au ciel. Ils sont vraiment stupides. Alex sourit de cette remarque mais revient rapidement à sa victime.

    — Est-ce que tu sais compter au moins Marcus ? Répète après moi : un, deux...

Ses amis rigolent. Marcus est rouge de rage. Ebora se rend compte qu'il ne peut pas frapper Alex car ses mains sont retenues grâce à la magie. Tout à coup, Alex l'aperçoit et la reconnaît. Il est au courant de la réputation de cette sorcière. Il l'a déjà observée quelques fois et il n'arrive pas à croire qu'une fille puisse être aussi canon tout en étant intelligente et puissante. Mais c'est son côté inaccessible et ses mauvaises actions qui la rendent si particulière.

— Ebora, tu crois que tu pourrais lui apprendre à compter ? À moins que tu ne préfères le faire léviter ?

La jeune fille claque des doigts et Marcus tombe par terre. Il est évanoui et il ronfle. Ebora s'avance vers la bande de voyous.

— Et pourquoi ce ne serait pas toi que je ferais léviter Marsial ?

— Oh des menaces, tu me flattes là ! J'ai entendu parler de toi Ebora Etole. Tu aimes te la jouer solitaire pas vrai ? Tu sais qu'on a un point commun déjà, on est tous les deux détestés. On devrait sortir un de ces jours, avec ma bande bien sûr. Quoi que je ne serais pas non plus contre un rendez-vous en tête-à-tête.

Il s'élève soudain à plusieurs mètres au-dessus du sol. Ses copains reculent, effrayés. Après un cri de stupeur, Alex finit par rire de la situation.

— Tu peux faire l'idiot autant que tu veux Marsial, je m'en fiche. Mais tes remarques stupides, tu peux te les garder. Si tu veux qu'on s'entende, il va falloir que tu me doives le respect.

Elle le fait redescendre. Alex bougonne, car la fille y est allée un peu fort.

— Merci madame de m'avoir laissé redescendre. Pour me faire pardonner, accepteriez-vous de vous joindre à nous au dîner de ce soir ?

Peut-être est-ce le fait qu'il n'avait pas peur d'elle, ou alors qu'Ebora est touchée par son acte malveillant envers Marcus (qu'elle aurait pu faire elle-même), mais à sa grande surprise, elle accepte.

Depuis ce jour, elle et Alex sont amis. Enfin, la représentation qu'Ebora se fait de l'amitié. Lui et sa bande sont des voyous, elle, est un monstre. Quoi de mieux qu'une amitié basée sur le malheur des autres ?

Chapitre 20
Tous les coups sont permis

Le règlement interdit aux élèves d'aller dans la tour, située à l'est de l'établissement. Alors c'est très vite devenu le lieu de rencontre de la bande d'Alex. La serrure résiste à la magie mais le sort ne suffit pas face à Ebora. L'adolescente éprouve de plus en plus de curiosité face aux actions de ces voyous. Ils aiment bien voler de la nourriture dans les cuisines, inonder les lieux, faire des farces... Leur slogan est « Tous les coups sont permis ! ». Ils ne reculent devant rien et n'ont pas peur des représailles. Ils vont à fond, ils veulent juste s'amuser. Quand Ebora ne les voit pas à la tour, elle les rejoint en retenue. Elle se demande pourquoi elle ne s'est pas fait coller avant, au moins en colle elle peut travailler. Cela lui aurait évité au collège de rentrer tôt pour les tâches à la ferme. En tout cas, Ebora prend goût à l'interdit, même s'il y a certaines choses qu'elle ne préfère pas faire. Premièrement, elle ne sèche jamais les cours, donc elle est souvent à l'écart de leurs rassemblements. Ensuite, elle ne partage pas leur humour, leur stupidité et leur haleine atroce due à la cigarette. Mais cela lui fait du bien de ne pas traîner qu'avec Zita et Albert, eux au moins la comprennent. C'est vrai qu'elle ne leur a pas non plus révélé tous les meurtres dont elle est responsable, seulement c'est la première fois qu'elle peut parler méchamment de ses parents, de son mépris pour les règles et les bonnes actions, que le reste du monde lui semble sans saveur et pas digne d'elle. Ils l'écoutent sans la juger, souvent en souriant, en buvant de la bière et en lui disant : « Ouais, t'as trop raison ! ». Alors malgré leurs mille milliards de défauts, elle reste.

- Je ne comprends pas pourquoi tu traînes avec les garçons, lui dit souvent Zita.
- Les mauvaises personnes traînent avec les mauvaises personnes.
- Je sais que tu n'es pas très aimable, mais de là à être une mauvaise personne t'y vas un peu fort non ?
- Tu ne me connais pas Zita. Tu ne me vois que comme la fille avec les meilleures notes de l'école. Mais je ne suis pas que ça.
- Et alors ? Tout ce qui compte c'est ton intelligence non ?
- Et mes pouvoirs.
- Oui, et tes pouvoirs pardon.

- Donc toi tu ne sais pas si tu es une bonne personne ou non ?
- Ce que je pense ou ressens n'a pas d'importance. Ce n'est pas ça qui va me faire gagner ma vie ou me faire avancer.
- Mais pour ne plus avoir d'émotions, il ne faut aimer personne.
- Je n'ai pas dit ça.

Et Zita clôt la conversation.

C'est le mois de juillet, le mois des examens. Tous les élèves sont très stressés. Pas Ebora qui ne doute pas une seconde de son excellence. Elle est la seule que Mr Cheman a encouragée. Les épreuves se passent à merveille, comme prévu, et Alex a proposé de clore cette session d'examens en allant dans la forêt la nuit. Toute la bande a accepté avec plaisir. Ebora repense à ce que lui a dit Zita, les émotions freinent la réussite, voilà ce qu'elle en a compris. La jeune sorcière ne s'est jamais interrogée sur sa capacité à ne rien laisser paraître ou non. Pour elle, son visage est pareil à un bloc de glace, il n'y a aucune trace de vie ou de joie. Alors elle demande à Alex. C'est le seul de la bande qu'elle apprécie vraiment, même s'il est insupportable des fois. Il est le plus drôle, le plus audacieux et le plus malin.

- Tu es un livre ouvert Etole ! Normal tu ne ressens qu'une émotion : la haine.
- Si c'était le cas, tous les professeurs me

145

jetteraient dehors.

— Oh non, parce que tu es toujours intéressée par leurs cours. Tu n'es pas dans la méchanceté en classe.

— Tu me connais si bien que ça ?

— Je suis sûr que je te connais par cœur.

— Ah et donc, tu sais quel amour je voue à ma sœur ?

— Exactement, tu parles d'elle sans même t'en rendre compte.

— Et jusqu'où je pourrais aller pour elle ? Que serai-je capable de faire si on me déçoit ou qu'on me défie ?

— Tu leur pourrirais la vie.

C'est vrai que cela doit être mieux qu'une mort rapide.

— En tout cas, moi c'est ce que je ferais, ajoute-t-il.

— Est-ce que tu crois que je pourrais un jour tuer quelqu'un ?

— Pourquoi pas ? T'as l'air taillée pour.

— Comment ça ?

— Tes pouvoirs, ils te rendent folle. Tu adores les utiliser et surtout sur les autres.

— Et ça ne te choque pas ?

— On n'y est pas encore Etole.

Et il s'allume une cigarette. Il la lui tend et elle accepte, juste pour goûter. Elle lui souffle sur le visage. À cet instant, ils ont tous les deux un sourire complice.

La nuit tombe. Demain, les élèves partent en vacances et ils veulent en profiter à fond. La bande de voyous s'échappe du lycée pour aller dans une autre forêt que celle qui appartient à leur école. Ebora n'arrive pas à croire qu'elle est déjà au milieu de son année scolaire et qu'elle va rentrer chez elle dans quelques heures. Au moins retrouvera-t-elle Isabelle. Les autres hurlent comme des sauvages, seul Alex reste à ses côtés.

— La nuit est belle, non ?

— Je suis née une nuit comme celle-là. J'adore quand il fait sombre.

Elle ne peut pas dire « obscurité » car dans le monde des Lumières, il y a toujours un minimum de luminosité. Les adolescents bavardent, rient et marchent tranquillement, goûtant à cette liberté qu'ils pensent chèrement méritée après tous ces examens. Soudain, il y a un bruit, comme une sorte de grognement. Ils croient un instant que ce sont des loups-garous. Seulement, ils s'aperçoivent très vite qu'ils se trompent. Des petits yeux rouges les fixent. Ces bêtes sortent de derrière les arbres, leur corps est trapu, leur museau aplati avec des dents acérées. Ils possèdent trois énormes griffes.

— Courrez ! crie Alex.

Les jeunes se mettent à paniquer et s'enfuient à toute jambes. Ebora n'a pas le temps de faire quelque chose contre eux car Alex la tire par le bras et l'entraîne avec lui dans sa course. Les monstres les suivent. Un des membres de la bande tombe par terre. Alex l'aperçoit. Il s'arrête, lâche le bras d'Ebora et fait demi-tour. Il lance un sort vers le premier monstre qui arrive près de son ami. Il recule sous le choc mais pas suffisamment longtemps. Alex se précipite pour relever son compagnon. Il peste contre ces créatures si résistantes à la magie tandis que ces dernières fondent sur eux. Un flot de magie verte apparaît. Les bêtes sont expulsées à plusieurs mètres. Ebora n'arrive pas à croire qu'elle est en train de sauver la vie de deux personnes. Ce sera bien la première et dernière fois. Mais profitant de son inattention, un monstre saute sur elle et l'immobilise. Elle sent son haleine fétide, son museau est à deux centimètres de son visage. Curieusement, Ebora ne ressent plus la peur qu'elle avait au moment de tomber. Elle ne bouge pas d'un pouce. À son grand étonnement, la bête lui lèche le visage. Puis elle s'écarte et Ebora se relève en s'essuyant avec sa manche. Son dégoût se transforme vite en admiration devant ces créatures hideuses. Elle ne comprend pas pourquoi mais elle est fascinée. Elle aurait pu les observer pendant des heures, surtout qu'ils ont cessé de les poursuivre et qu'ils la regardent tous avec soumission. La jeune fille sort soudain de sa transe et ordonne :

— Allez-vous en.

Elle n'a même pas eu besoin de hausser la voix, les créatures obéissent. Les adolescents se retrouvent seuls à nouveau. Alex Marsial explique :

— Ce sont des monstres de Ténèbres. Pour eux c'est plus facile de partir de leur terre natale. Sinon on les aurait déjà ramenés dans les Enfers.

— Comment ont-ils pu traverser l'océan ?

— Je n'en sais rien. Si ça se trouve, ils peuvent nager ou voler. C'est une espèce très rare, on les appelle les chiens de l'obscur.

— Comment tu sais tout ça ?

— Mon père est zoologiste. Il s'intéresse à tous les animaux du monde. Apparemment, les chiens de l'obscur n'obéissent qu'à l'âme la plus noire.

Tout le monde se tourne vers Ebora. Elle a du mal à en croire ses oreilles. L'âme la plus noire ? Serait-elle la personne la plus cruelle du monde ? Elle a juste commis quelques meurtres, d'autres en ont tué beaucoup plus. Alex ajoute sur le ton de la plaisanterie.

— C'est super ! Un jour je pourrais dire que j'ai rencontré la personne la plus méchante de l'univers.

Il rigole pour détendre l'atmosphère et enjoint ensuite les autres à retourner au lycée. Ebora ferme la marche afin de réfléchir seule. Une chose est sûre désormais au sujet d'Alex, il n'est pas comme elle l'imaginait. Elle ne croyait pas une seconde qu'il était gentil. Il n'avait pas abandonné son ami, au risque de se faire dévorer. Au fond, ils sont très différents. Pourtant grâce à lui, elle sait maintenant qu'il n'existe personne de plus cruel qu'elle.

Chapitre 21
La promesse

Aujourd'hui, Ebora a dix-sept ans ! Et cela se fête avec l'arrivée des résultats du premier semestre. Elle a d'abord toutes ses notes obtenues en classe qui sont excellentes et elle trouve ensuite ses scores aux épreuves. Elle lit attentivement la lettre.

Résultats aux examens de premier semestre en première année.

Notes acceptables : E (excellent), TB (très bien), B (bien), J (juste).
Notes méprisables : P (pas terrible), H (horrible), C (catastrophique).

Mademoiselle Ebora Etole
Sorcière

Sortilèges pratiques : E – théoriques : E
Histoire de la magie : TB
Économie : TB
Sciences de la magie : E
Sport : J
Anglais : TB
Note globale : TB

Ses parents crient de joie face à ses excellents résultats. Isabelle lui saute dans les bras.

> – Je savais que tu étais la plus forte grande sœur !

Cela fait seulement quelques jours qu'Ebora est rentrée et elle est ravie de voir que sa complicité avec Isabelle ne s'est pas envolée. Ses parents ne cessent de lui parler de ses études, de toute façon, c'est le seul sujet sur lequel ils ne se fâchent pas. Le déjeuner se passe tranquillement puisqu'ils font bonne figure devant la plus jeune de la famille. Ebora ouvre ses cadeaux, souffle les bougies. Elle reste très heureuse de cette journée.

> – Albert va bientôt arriver, je vais vous aider à débarrasser tout ce bazar.

> – Tu ne m'avais pas dit que tu invitais un ami, lui reproche sa mère.

> – Ce n'est pas un ami, on va juste faire nos devoirs ensemble.

> – Le jour de ton anniversaire ! Cela ne peut pas attendre un peu ?

– Je ne vois pas où est le problème.

– En tout cas tu aurais dû l'inviter pour le déjeuner pour qu'il fête avec nous ton anniversaire.

C'est justement pour cette raison qu'Ebora lui a dit de passer plutôt dans l'après-midi. Avant qu'ils ne se quittent, ils avaient eu la surprise de découvrir qu'ils vivaient dans la même région. Ils habitent à plusieurs kilomètres quand même mais Albert affirme que cela ne le dérange pas de faire la route. Tandis que la jeune fille fait la vaisselle, sa petite sœur se met à lui raconter toutes ses histoires d'école. Un vrai moulin à paroles, on ne peut plus l'arrêter. Un moment, on frappe à la porte. Ebora ouvre et voit Albert qui s'est coupé les cheveux. Serait-ce pour mieux lui plaire ? Ebora a un doute.

– Salut Albert, entre.

– Merci, euh... bonjour, dit-il timidement à toute la famille.

Puis il aperçoit les ballons qui trônent encore un peu partout dans le salon.

– Euh... j'ai manqué une fête ?

– C'est l'anniversaire d'Ebora aujourd'hui, explique Martha.

– Vraiment ? Oh, si j'avais su, je t'aurais acheté un cadeau.

– Faisons ces exercices de sortilèges et on pourra dire que tu m'as gâtée.

Ils montent dans sa chambre. Ebora sait que sa

petite sœur les épie derrière la porte mais elle préfère se concentrer sur son livre. Albert lit l'énoncé et annonce :

— Alors, il faut calculer notre distance maximale en téléportation.

— Très bien, il faut commencer par multiplier son poids par dix. Pour moi, je crois que je pèse cinquante-huit kilos. Puis je divise par ma taille, un mètre soixante-douze, convertie en centimètre. Cela fait environ trois kilomètres si j'arrondis.

— Tu sais que si tu te téléportes deux fois d'affilée, tu es fatiguée parce que tu as puisé dans toute ta magie. Certains sont morts parce qu'ils se sont transportés à une distance plus grande que celle que peut subir leur corps.

— Oui je sais, je me suis beaucoup entraînée. Avant je ne pouvais le faire que sur quelques mètres, mais là ça prend de l'ampleur. Je me suis déjà rendue malade à voyager de cette façon.

— Tu n'as pas peur que tes pouvoirs altèrent ta santé ?

— Non, je sais ce que je suis capable de supporter.

Ils parlent longtemps de sorts, de l'école, de différentes découvertes. Quand il s'en va, Ebora se sent un peu déçue de ne plus pouvoir avoir ce genre de conversation avant longtemps.

– On se revoit bientôt Albert ?

– Quand tu veux.

Ah celui-là, il aime lui faire plaisir ! Isabelle entre dans leur chambre, le sourire sur les lèvres.

– Alors ? demande-t-elle.

– Alors quoi ?

– Tu ne vois pas qu'il est amoureux de toi ! Tu vas sortir avec lui ?

– Bien sûr que non !

– Pourquoi ? Parce qu'il est moche ? Quelle importance s'il est gentil et intelligent ?

– Non Isa, ce n'est pas ça. C'est sûr que si j'étais comme tout le monde peut-être que je le regarderais différemment. Seulement, tu ne comprends pas. Personne ne voit ce que je suis la seule à savoir apparemment.

– De quoi ?

– L'amour est une invention Isa. Il a été créé il y a longtemps afin de faciliter la reproduction. Les gens croient aimer, mais c'est juste une illusion, perpétrée par le désir de fonder une famille. D'ailleurs tu sauras que l'amour a souvent causé le malheur ; c'est parce qu'il éloigne l'Homme de son but premier. Néanmoins il y a une chose de vrai dans tout ça, c'est la notion d'âme sœur. Pas entre deux individus de sexe différents, je te parle d'un attachement fort entre deux personnes, qui là n'a rien de destructeur ou d'inutile, qui au contraire pousse le meilleur d'elles-mêmes. Alors là oui, on peut parler d'amour si tu veux. Mais c'est rare et unique.

— Tu veux dire qu'on ne pourra tomber amoureuse qu'une seule fois ?

— Je n'aime pas cette expression, je te parle d'une autre forme d'amour Isabelle. Celle qu'il y a entre nous. Le lien qui nous unit est plus fort que tout. Ne l'as-tu jamais remarqué ?

— Si bien sûr ! C'est vrai que je me sens pousser des ailes avec toi.

— Tu vois, c'est un signe. Nous sommes faites pour nous entendre. Seul notre lien est réel. Alors promets-moi que tu n'aimeras jamais personne d'autre que moi. Promets-moi que tu m'aimeras toujours.

— Et les parents ?

— Nos parents t'ont mise au monde. La famille te voit comme un moyen d'entretenir la descendance. Ils ne t'aiment pas vraiment, même s'ils le pensent.

— Comment peux-tu dire ça ?

— Parce que c'est la triste vérité. Je ne veux pas te blesser Isa, ni toi ni les parents mais il faut que tu t'en rendes compte.

— Et mes amies alors ? Quel serait leur intérêt ?

— C'est l'effet de masse. L'envie d'être toujours entourée, d'échapper à la solitude dans les grandes étapes de ta vie. Mais ce que tu penses être l'amour, c'est si facile à briser. Alors que moi, je t'aimerai toujours, d'un amour inconditionnel. Je serai la seule à ne jamais te juger, qui t'acceptes malgré nos différences et qui te soutiendra toujours. J'irais en enfer pour toi. Moi je te promets de n'aimer personne d'autre que toi Isa. Peux-tu faire la même chose pour moi ?

— Oui, je te le promets.

— Répète s'il te plaît.

— Je te jure que je t'aimerai toujours.

— Et personne d'autre ?

— Que je t'aimerai toujours d'un amour unique qui va au-dessus de celui des autres.

Elles se serrent dans leurs bras. Ce n'est pas exactement la promesse qu'Ebora voulait entendre, mais elle lui convient. Ce n'est pas la peine de jouer sur le sens des mots. Pourquoi donc aime-t-elle quelqu'un d'aussi doux et gentil ? Elle est son extrême opposé. Mais elle lui appartient désormais. À présent, elles sont liées, non plus par le sang mais par une promesse.

Chapitre 22
Vers l'obscurité

Ebora fait visiter la forêt à la bande d'Alex. Ils se sont tous réunis pour voyager et faire les quatre cents coups. Ebora a beau eu dire qu'elle ne pouvait pas partir de chez elle car elle devait travailler à la ferme, Alex a décidé de lui rendre visite. Les garçons campent désormais près d'ici. Une autre rencontre imprévue, c'est celle de Cécile Ssss. La meilleure amie d'Isabelle est arrivée dans la région avec ses parents. Comme Mr Ssss est un homme important du lycée, Robert et Martha Etole l'ont invitée avec plaisir à déjeuner. Les adultes parlant ensemble et Isabelle étant heureuse de retrouver son amie, Ebora se sent un peu comme la cinquième roue du carrosse. Elle n'aime pas voir l'attention de sa sœur concentrée sur une autre qu'elle. Surtout que depuis leur promesse, elle est encore plus possessive vis-à-vis de sa sœur. Mais elle est persuadée que si elle explique cela à l'affreuse rouquine calmement, elle finira par s'éloigner d'Isabelle.

Cécile Ssss adore la ferme, la maison, les animaux et surtout le rire de sa meilleure amie. Ce qu'elle aime moins, c'est la grande sœur de cette dernière. Ce qui l'a surpris au premier abord, c'est à quel point les deux sorcières se ressemblent. On dirait des jumelles ! Mais l'attitude de l'aînée est des plus distantes. Cécile ne se fait pas à son regard de glace, capable de mettre mal à l'aise n'importe qui. Mais la jeune fille a l'habitude d'aller vers les autres. Alors Ebora n'éprouve pas la moindre difficulté à l'emmener à l'écart. Prétextant de lui montrer les chevaux, les deux adolescentes sortent de table. Une fois dans les écuries, Cécile caresse les animaux et sourit en direction d'Ebora.

– Isa ne m'a fait que des compliments sur toi ! Tu es une grande sorcière et une bonne cavalière aussi d'après ce qu'elle m'a dit. Tu aimes bien le lycée où enseigne mon père ?

– Je ne suis pas là pour parler avec toi. Mais j'ai tout de même un point à aborder. Tu aimes ma sœur n'est-ce pas ?

– On est de grandes amies, oui. Pourquoi ?

– Cela m'étonne car tu vois, ma sœur n'a pas d'amie. Elle n'a que moi. Mais je suis ravie qu'on ait au moins une chose en commun. On va pouvoir discuter.

Cécile n'aime pas du tout le ton de sa voix. On

dirait qu'elle lui reproche quelque chose. Ebora siffle et soudain, des garçons entrent dans l'écurie et l'encerclent. Ils rigolent méchamment. Le sang de Cécile se glace dans ses veines. Elle comprend qu'elle est tombée dans un piège.

- Que veux-tu ? Pourquoi tu fais ça ? Qu'est-ce que j'ai fait ?
- Cesse donc tes jérémiades. Surtout que pour une fois je vais être gentille. Je te laisse une chance. Brise ton amitié avec Isabelle.
- Mais pourquoi ?
- Parce que tu es une intruse. Tu penses qu'elle t'aime bien mais tu te trompes. Jamais tu ne pourras avoir le même lien qui nous unit toutes les deux.
- Tu es jalouse c'est ça ? Je ne veux pas t'enlever ta sœur. Je ne fais pas partie autant de sa vie que toi.

Des flammes vertes l'entourent et elle pousse un hurlement. Heureusement, le sort ne brûle pas mais des mains cadavériques s'échappent des flammes pour lui tirer ses vêtements. La voix d'Ebora devient de plus en plus mauvaise.

- Tu ne comprends pas petite sotte ! Tu ne me l'enlèveras pas. Elle est à moi, rien qu'à moi, tu m'entends ? Si tu penses pouvoir gagner son cœur, il me suffira de te tuer. On ne peut aimer une amie quand on appartient à quelqu'un d'autre.
- Mais tu es folle ! Ce n'est pas un chien ! Elle

n'appartient à personne. Pour qui tu te prends ? Elle n'a pas à ressentir ce que tu veux ou à t'obéir ! Elle a sa propre conscience.

– C'est toi qui est moins qu'un chien ! crache Ebora. Tu ferais mieux de te taire ! Tu ne sais rien de ma puissance, je peux t'écraser en un claquement de doigt ! Je vais te dire une bonne chose, c'est qu'il n'y a que moi qui peut l'aimer. Alors abandonne !

– Au secours ! À l'aide !

– Ta gueule ! Pauvre idiote !

Un vent violent entoure Cécile tandis que ses vêtements se déchirent sous les griffes de ces bras décharnés. Ebora donne le signal et la bande se joint à son petit jeu. Un garçon dragon crache un peu de feu dans sa direction et la pauvre victime tousse avec la fumée. Les sorciers utilisent des sortilèges pour lui botter les fesses ou arracher ses vêtements. Les autres se servent de fourches et de bâtons pour l'atteindre sans s'approcher des flammes. Cécile se retrouve vite en sang, à moitié déshabillée et ses cheveux sentent le roussi. Des larmes coulent sur ses joues en entendant les moqueries de ces adolescents cruels.

– Arrêtez, ordonne Ebora d'une voix calme.

Ils obéissent. Soudain, Cécile se sent soulevée dans les airs et se retrouve violemment plaquée contre le mur. Ses poignets et sa gorge la font atrocement souffrir.

162

– Tu vas vite apprendre qu'on ne se met pas comme ça sur mon chemin, dit son bourreau avec un regard de haine et de désir de tuer. Je vais te faire regretter d'avoir vu le jour. Personne ne pourra te sauver.

Une lueur verte apparaît dans sa main. Elle s'approche pour l'envoyer sur sa proie jusqu'à ce que Martha entre en courant.

– Stop !

Ebora arrête son geste. Elle fait en sorte que sa victime s'évanouisse. Cette dernière tombe sur le sol.

– Allez les gars, on file ! crie Alex.

Ils partent par l'autre sortie. Son copain dragon se transforme et vole loin de la tempête qui va arriver. Martha regarde sa fille comme si elle était devenue folle.

– Mais qu'est-ce qui te prends ?

– Elle s'en remettra.

Sur ces mots, elle soigne le corps meurtri de Cécile. L'instant d'après c'est comme si rien ne s'était passé. Si Martha avait gardé le souvenir de tous les actes odieux d'Ebora, cela ne l'aurait pas choquée. Mais là c'est comme si elle découvrait la cruauté de son enfant.

– Pourquoi Ebora ? Tu allais la tuer ?

Sentant que sa mère est sur le point de devenir hystérique, Ebora lui ferme les yeux. Martha bascule dans l'inconscience.

Malgré les tentatives d'Ebora pour cacher ses méfaits, il reste son attitude, ses caprices et ses petits forfaits. Martha ne se souvient plus d'avoir vu Cécile sur le point de mourir, mais elle se rappelle qu'Ebora lui a fait du mal. Enfin, pas tout à fait, mais en voyant la mine défaite de l'amie de sa fille cadette, Martha éprouve quand même de sérieux doutes. La jeune fille, en ne voyant aucune blessure sur elle penserait presque qu'elle a rêvé. Mais elle sait que c'est faux et elle repart de la maison, la peur au ventre de recroiser Ebora. Martha quant à elle, s'enferme dans sa chambre et se masse les tempes. Son mari arrive et voyant qu'elle ne se sent pas bien, lui demande ce qui ne va pas.

- Oh Robert, je n'en peux plus. Toutes ces années à faire en sorte qu'Ebora se conduise bien. Or je vois bien qu'elle terrorise les jeunes du village. Je ne sais pas ce qu'elle fait pour qu'aucun ne s'approche de la maison ni même ne daigne jouer avec Isabelle. Je n'ai jamais voulu tous ces maléfices. Pas plus que je n'ai voulu la faire enfermer. Mais peut-être que finalement, on aurait dû l'envoyer au CEPEACT. On aurait perdu notre honneur mais peut-être pas autant que d'avoir une fille avec autant de haine en elle.

- Tu es trop dure avec toi-même. Je sais que tu aimes ta fille. Les enfants sont parfois difficiles, mais ce n'est qu'un mauvais

164

moment à passer. Tu dois avoir confiance.

— J'essaie Robert ! J'ai tout fait pour oublier, j'ai essayé de redresser la situation ! Mais tu ne comprends pas ! Je ne veux pas passer ma vie à crier sur ma fille. Une fille qui n'en a rien à faire de mes menaces ou de faire du mal aux autres. Pourtant j'aurais voulu qu'on soit proche. Qu'est-ce que j'ai fait au ciel Robert, pour mériter tout cela ? Tout le mal qu'elle commet. Je voulais juste un enfant parfait, un vrai Lumière, qui ferait le bien sur terre et nous rendrait fier. Elle, j'ai beau la supplier d'arrêter, elle continue à semer le chaos dans cette famille ! Je suis une si mauvaise mère ? Je n'ai pas su arrêter le mal, je l'ai même mis au monde !

— Arrête tu veux ! Tu te fais du mal ! Ce n'est sûrement pas de ta faute ! C'est juste sa propre personnalité. Tu ne peux pas changer ce qu'elle est.

— Parce que cela ne te dérange pas d'avoir un monstre pour fille ?

— Tu ne penses pas ce que tu dis.

— Arrête de vouloir me consoler. C'est toi-même qui me proposais le CEPEACT. C'est toi qui t'énervais qu'elle ne se calmait pas et qu'à cause d'elle, beaucoup n'arrêtaient pas de se plaindre. Tu regrettais qu'elle ne veuille pas de ta ferme !

— Peut-être, mais je me suis fais une raison

depuis. Je n'aime toujours pas ce qu'elle fait, néanmoins je suis persuadée que quand elle sera adulte...

— Quoi ? Qu'est-ce que tu espères au juste ? On ne change pas du jour au lendemain ! J'ai tout donné à mes filles, pour qu'elles soient heureuses, qu'elles ne manquent de rien. Et elle, comment elle me remercie ? Par la violence. Cette enfant est ma douleur et mon sang.

— Arrête !

Martha fond en larmes.

— Je voulais juste qu'elle soit parfaite. Un enfant gentil comme tout le monde. Pourquoi je n'ai pas le droit à ça ? Certes il y a Isabelle. Mais pourquoi on m'a donné une fille qui me hait et qui n'aime que la violence ?

Robert la serre dans ses bras. Elle met sa tête sur son épaule et pleure son rêve perdu, son foyer qui s'effondre en miette.

La fin de sa première année s'est déroulée à une vitesse folle. Ebora a pu participer à ses premiers concours de magie. Elle les a tous remportés. Elle en a fait un avec Albert sur les sciences cette fois et avec lui comme partenaire, nul doute qu'elle ne pourra que gagner. Ses parents lui écrivent toujours pour la féliciter de ses exploits. Il n'y a pas de tendresse dans leurs messages. Les vacances avec eux se sont assez mal passées. Ebora a de plus en plus de mal à contenir la violence qui est en elle. La jeune fille est obligée d'effacer constamment les mémoires, de réparer les dégâts que ses pouvoirs ont causés dans la maison, d'expliquer à Isabelle pourquoi il y a tant de morts dans les animaux de la ferme. On comprend que l'adolescente ait plutôt hâte de retourner au lycée. Elle a l'impression que seules les études lui permettent de garder son sang-froid. À son grand soulagement, cette année, elle ne partage sa chambre qu'avec Zita. Cette dernière est encore plus renfrognée et silencieuse. Cela ne dérange pas Ebora qu'elle soit si secrète au sujet de sa vie. Elle est aussi très heureuse qu'Albert ne lui ait pas encore avoué ses sentiments. Elle l'aurait sûrement brûlé vif si cela avait été le cas. Elle apprécie sa discrétion.

— Tu as choisi ton option Ebora ?

Albert et elle tiennent la circulaire pour le choix d'une option dans leurs cours de sortilèges. Ebora y a réfléchi pendant longtemps. Elle maîtrise déjà parfaitement tout ce qui est contrôle de la nature, du temps, et elle est trop centrée sur elle-même pour s'intéresser à la communication avec les animaux ou au dédoublement.

— C'est dur car beaucoup m'intéressent. Mais je pense que je vais prendre la métamorphose humaine. J'aurai tout le temps d'apprendre les autres formes de magie.

— Bonne idée. Moi, j'ai choisi caméléon. Je

peux m'intégrer à n'importe quel environnement. Si un jour je me perds dans le désert, je n'aurai même pas chaud !

Ebora se souvient d'un article de journal de quand elle était petite. Un meurtre dont une victime rescapée affirmait ne pas avoir vu le Ténèbre arriver. Pourtant il y avait des protections anti-Ténèbres dans la maison et leur présence était révélée par le givre dans un endroit sec. Intriguée, Ebora avait fait des recherches sur cette affaire, pour savoir comment le tueur s'y était pris. Elle se rappelle qu'il était ce qu'on appelle un caméléon.

— Je me souviens d'un homme qui avait ce pouvoir. C'était son don précoce. Il le maîtrisait parfaitement, si bien qu'il pouvait s'introduire dans le camp ennemi.

— Tu veux dire qu'il pouvait aller dans les Ténèbres sans se faire repérer ?

— Pour faire pareil, il va te falloir beaucoup d'entraînement. Peu sont capables d'un tel prodige.

— Mais ça veut dire que je pourrais cacher mes pouvoirs à la police et aux gardiens. Ce serait illégal.

— Beaucoup de pouvoirs peuvent amener en prison dans certains contextes.

— Tu as raison. Je ne suis même pas sûr que ce don me serve un jour. Mais je trouve ça fascinant.

À qui le dis-tu, pense-t-elle.

Peu de temps après, Zita lui annonce qu'elle a choisi l'option invisibilité. Pendant ce semestre, elle s'est révélée plutôt douée avec ce don. De nombreux changements apparaissent lors de cette nouvelle année. D'abord, bien entendu, de nouveaux professeurs. En histoire de la magie, elle a une enseignante qui vient d'arriver dans l'établissement. Une femme jeune, mais déjà débordante de charisme et d'autorité, qui connaît énormément de choses : Mme Vauchevant. Ses cours sont passionnants. Mr Cheman continue de la coacher pour les concours, dont deux auxquels elle participe ce semestre. Cette fois, ils sont réputés au niveau national. Toutes ces victoires renforcent l'arrogance de la jeune fille. Elle sent que tout ce qu'elle apprend là est plus important et que sa magie arrive à son apogée. Aussi, on arrête pas de lui parler du fameux choix : Lumière ou Ténèbre ? Choix vite fait puisque la grande majorité du lycée va vers la première solution. Normal, on a tendance à choisir le côté des gagnants. Ebora ne se pose même pas la question, hors il est vrai qu'en y pensant, ses parents ne lui ont pas beaucoup parlé des Ténèbres, si ce n'est pour les discréditer à ses yeux. Sa curiosité naturelle la pousse à lire tous les livres interdits qui puissent la renseigner sur la magie noire. Même en histoire, on apprend désormais les plus célèbres règnes des Ténèbres et comment le bien triomphe au bout du compte. Ebora passe des heures à la bibliothèque, à la recherche d'informations.

Énormément d'ouvrages parlent d'actes barbares ou parfois des moments où les Lumières vivaient dans la peur, notamment le règne du mal qui dura de 1914 à 1945. Elle apprend tout de leurs coutumes, de leurs massacres, de leurs particularités. Plus elle lit, plus elle est fascinée par les Ténèbres. Comment les êtres qui sont soumis aux Lumières peuvent-ils autant lui ressembler ? Ils représentent cette liberté folle dont elle a tant besoin. Pourtant, comment ces individus si cruels ont-ils pu se retrouver prisonniers au nord ? Ebora comprend que cela n'est qu'une question de pouvoir. Sa mère ne lui a jamais dit que les Ténèbres avaient déjà gouverné le monde, qu'ils pouvaient être les plus forts. Ils avaient peut-être perdu aujourd'hui, mais Ebora était là, avec des pouvoirs bien plus puissants que la moyenne. Peut-être était-ce un signe ? Un signe qui lui indiquait quelle était sa vraie famille, et qu'elle seule pouvait les libérer de l'emprise des Lumières. Après toutes ces révélations, l'adolescente a du mal à trouver le sommeil. Elle ne sait plus vraiment qui elle est, quel est son destin. Elle sent que les Ténèbres l'appellent, mais si elle se trompait ? Après tout, elle ne connaît rien de ce monde et partir dans les Enfers l'empêcherait d'obtenir un grand métier et de passer le reste de sa vie avec sa sœur. Elle se condamnerait à une vie de solitude, mais au fond, elle a toujours été seule. Lire les livres sur les Ténèbres devient vite primordial, elle ne peut plus s'en passer. Et à chaque fois qu'elle ressort de la bibliothèque, elle se sent revigorée, heureuse comme elle ne l'a jamais été. Elle se sent vivante.

Ce dernier jour d'école avant les vacances d'août, Alex Marsial vient dire au revoir à Ebora. Il y a quelques jours, il a choisi Lumière devant tout le lycée. Cela avait été bizarre de le voir habillé en blanc.

— Je crois que c'est le bon moment pour se dire adieu.

— Pourquoi adieu ? On se reverra dans un mois.

— Tu fêtes ton anniversaire le 5 août n'est-ce pas ? Tu ne reviendras plus à l'école, je le sais. Je n'ai jamais oublié cette histoire avec les chiens de l'obscur.

C'est vrai, ces monstres venaient des Enfers et ils avaient accepté Ebora comme une des leurs.

— Comment peux-tu savoir avant moi mon choix ?

— Que veux-tu, le talent je suppose. Tu hésites tant que ça ?

— Non. Disons que j'ai peur de l'inconnu.

— Cela ne te ressemble pas d'avoir peur Etole.

— Je suis humaine.

Un long silence s'installe entre eux avant qu'il ne le brise.

— Tu sais, si tu veux m'embrasser, ou coucher avec moi, c'est maintenant. Je ne suis pas sûr que tu puisses satisfaire tes désirs sexuels dans les Enfers.

- — Ma virginité est bien le cadet de mes soucis Marsial. Mais merci pour ta proposition.
- — J'oubliais que seuls tes pouvoirs comptent vraiment, ainsi que ta sœur. Tu vas me manquer Etole.
- — Toi aussi.

Et étrangement, elle se rend compte que ses paroles sont sincères. Seulement, c'est la dernière fois qu'elle voit Alex Marsial.

Un peu plus tard, Foulmio apparaît en face d'elle dans un couloir avec une enveloppe rouge.

- — Tiens Ebora, c'est mon cadeau d'anniversaire pour toi. Tu vois, cette fois je n'ai pas oublié.
- — Tu n'as rien oublié, tu n'étais pas au courant la dernière fois.
- — Oui et je me rattrape. On se revoit en septembre.

Elle le regarde partir en souriant. Une petite voix dans sa tête lui dit qu'ils vont bientôt se revoir en effet.

Chapitre 23
L'anniversaire

— C'est un grand jour aujourd'hui Isabelle. Non seulement ta sœur entre dans l'âge adulte, mais c'est aussi là qu'elle doit faire son choix. Devenir Lumière.

— Mais un choix ce n'est pas censé être entre deux éléments ? demande la fille à sa mère.

Ebora sourit. Sa sœur est loin d'être idiote. Martha soupire.

— Oui, seulement les Ténèbres ne courent pas vraiment les rues. Je ne connais personne qui les a choisis, depuis des années.

Ils sont dans le désespoir, pense Ebora. *Ils n'ont rien.*

Mais bientôt, ils ne seront plus misérables puisqu'ils l'auront elle. La jeune fille sent venir en elle la flamme de la violence. Elle a pris quelques jours pour réfléchir à son avenir. D'un côté, elle a les Lumières, avec sa sœur, sa famille d'hypocrites, son pays et la promesse d'un travail dans le ministère. À part les membres de son entourage, excepté Isa, les arguments pour rester se tiennent. D'un autre côté, elle a les Ténèbres, qui lui donnent la liberté, le pouvoir, un lieu obscur où vivre, à condition qu'elle parvienne à faire en sorte que les Lumières ne les retiennent plus prisonniers. Toutefois, Ebora n'échoue jamais, non ? Elle prépare ses valises en cachette, persuadée de prendre la bonne décision. Il s'agit de vivre enfin sa vie comme elle l'entend. Comme elle aimerait emmener Isabelle avec elle ! Mais elle a appris que cet endroit n'était pas sûr pour une enfant aussi jeune. Certes, sa sœur grandit et progresse en magie, néanmoins, elle n'est pas encore prête à côtoyer l'obscurité.

Sa mère prépare un grand dîner pour ce choix si important. Elle regrette que sa fille n'a pas accepté d'inviter toute la famille. Ils vont se sentir vexés, c'est un peu une tradition chez eux. Ebora sera solitaire jusqu'au bout. Cette dernière apprécie les efforts que sa mère fait ce soir. Le repas est excellent et elle est ravie de l'ambiance qui précède l'heure fatidique. Isabelle, toute innocente, ne comprend pas encore ce qui va se jouer aujourd'hui. Bientôt minuit, bientôt son anniversaire ! L'impatience lui hérisse l'échine. Elle arrive à convaincre ses parents d'ouvrir ses cadeaux avant le choix. Son cœur bat la chamade. Elle ne s'est jamais sentie comme cela auparavant. Que lui arrive-t-il ? Ce n'est pas si terrible. Enfin, minuit est là. Ebora retient son souffle. La fumée grise met du temps à apparaître et à l'envelopper. Tout le monde se lève de table, ravi. La jeune sorcière pense très fort à elle, dans une robe encore plus noire que celle qu'elle porte habituellement, avec des pouvoirs encore plus puissants. Elle ouvre les yeux et voit ses parents horrifiés. Ebora fait apparaître sa magie, elle scintille maintenant d'une lueur verte et noire. Cela a marché ! Robert et Martha ne se remettent pas du choc.

– Comment as-tu pu ? s'écrie Martha scandalisée.

– Quoi ? Parce que vous ne nous parlez jamais des Ténèbres, vous croyez que cela n'existe pas ? Que jamais je ne pourrais m'y intéresser. Mais tout le monde n'est pas aussi étroit d'esprit que vous !

– Ne nous parle pas sur ce ton ! s'énerve son père. Nous t'avons expliqué quelle vie t'attendait si tu choisissais cette voie. Nous t'avons dit toutes les horreurs qu'ils ont commises. Et tu veux les rejoindre !

– C'est mon choix. Je ne suis plus une petite fille ! Et j'aime ce que je suis.

– Je ne comprends pas, qu'est-ce qui se passe ? s'inquiète Isabelle.

– Ta sœur a fait le mauvais choix, répond Martha.

– Pourquoi ? Ça n'a pas de sens.

- Ne remets plus jamais les pieds ici ! avertit Robert.
- Ne t'en fais pas, je n'attendais que cette occasion. Si tu crois que je veux m'éterniser ici.
- Ebora..., supplie sa sœur.
- Adieu.

Et la jeune Ténèbre disparaît dans un nuage de fumée.

Isabelle pleure à chaudes larmes sur son lit. Elle a hurlé sur ses parents, leur disant que ce n'était pas juste de chasser ainsi Ebora. Comment sa famille a-t-elle pu se déchirer à ce point ? Comment Ebora a-t-elle pu l'abandonner ?

- Sèche tes larmes petite sœur.
- Ebora !

Sa grande sœur est bien là, la mine sombre. Isabelle se jette dans ses bras.

- Je suis venue te dire au revoir en personne.
- Non ! Je ne veux pas que tu t'en ailles. On ne devait jamais se quitter tu te souviens ?
- Et j'aimerais que cela soit possible Isa, mais je ne peux pas suivre mon destin et être avec toi en même temps, c'est impossible !
- Que racontes-tu ? Tu peux rester dans la région sans que les parents le sachent. Ils sont injustes envers toi.
- Pourtant il le faut, tu ne comprends pas. Ma

place est dans les Ténèbres.

— Tu es sûre ?

— J'y ai bien réfléchi.

— Et tu n'as pas hésité à m'abandonner !

— Isa...

— Non !

Les deux sœurs pleurent à présent. Isabelle réfléchit. Elle ne peut pas la quitter comme ça. C'est trop difficile à supporter.

— Il n'y a qu'une seule solution. Quand j'aurais dix-huit ans, je choisirais les Ténèbres, comme toi.

— Isabelle tu ne sais même pas ce que c'est !

— Je sais que je veux être avec toi. Cela me suffit.

Ses paroles enflamment le cœur d'Ebora. Elle sourit.

— Tu me le promets ?

— Oui.

— Quoi qu'il arrive ?

— Oui.

Elles se serrent dans leurs bras. Quatre ans de séparation c'est toujours mieux que l'éternité sans se voir. Ebora caresse une dernière fois les cheveux de sa sœur.

— Moi aussi je te fais une promesse, celle de venir te chercher le jour de ton anniversaire et de t'emmener avec moi dans les Ténèbres.

– Tu vas beaucoup me manquer !

– Toi aussi. Sois forte.

Ebora sèche ses larmes. Elle prend ses bagages sous son lit et se téléporte.

Martha pleure de tristesse et de rage en même temps. Elle a échoué, échoué dans son rôle de mère. Robert tremble de colère. C'est si effrayant de le voir comme ça, surtout quand on en n'a pas l'habitude.

– Je n'arrive pas à croire qu'elle nous couvre de honte de la sorte, se plaint Martha.

– Nous ne pouvons plus rien y changer à présent. Elle est maître de son destin.

– Quel destin ? Elle va finir seule, sans argent et sans personne pour l'aimer ! Je ne vois pas comment elle a pu choisir ce chemin si misérable, elle qui est si ambitieuse, n'a-t-elle pensé qu'à ses vices ?

– Je l'ignore et je m'en fiche. Ce n'est plus ma fille désormais.

Robert et Martha Etole se consolent, redoutant le moment où ils devront apprendre la nouvelle à tout le monde et où les gens parleront sur eux et sur leur fille diabolique.

Ebora entreprend alors un long voyage jusqu'aux Enfers. Elle voyage jusqu'en Norvège avant de payer un voyage en bateau. Les marins qui l'amènent près des côtes des Enfers ne sont pas très rassurés face à une Ténèbre. Néanmoins ils préfèrent qu'elle soit loin au nord plutôt qu'ici. Ebora se tient tranquille durant tout le trajet. Elle n'a qu'une hâte, rencontrer enfin son nouveau chez elle. Arrivée à destination, elle est obligée de se téléporter du bateau jusqu'à la plage. Quelle bande de poules mouillées ces Lumières ! Ils ont si peur de se faire tuer sur les côtes. Ebora arrive sur le sable noir et elle goûte à cette atmosphère morbide et glaciale. Dans ses souvenirs tirés des livres qu'elle a lus, il doit y avoir de nombreuses habitations abandonnées si elle cherche bien. Ce qu'elle préfère, ce sont les grottes, immenses et à l'abri du froid ; un peu humides, mais qu'importe. La sorcière marche pendant des heures sans croiser personne. Enfin, elle trouve des grottes, creusées dans les montagnes. Un peu plus loin, les pierres forment une forteresse sombre et qui domine tout le paysage. Ebora est subjuguée. Cette demeure est pour elle. La preuve, lorsqu'elle arrive, les chiens de l'obscur l'attendent. Ils viennent vers elle et se prosternent à ses pieds. Ebora est ravie quand elle entend un bruit, une sorte de gémissement. Elle s'approche derrière le bâtiment et découvre avec stupéfaction le corps affreusement mutilé d'un homme. Ses vêtements sont en lambeaux, ses plaies sont énormes, causées par les crocs et ses membres sont déchiquetés. Pourtant, il est toujours vivant. La jeune Ténèbre comprend.

— Oh, mes chers chiens, vous l'avez attrapé

pour moi. Pour me laisser la forteresse. Merci de me laisser un morceau de notre victime.

Les chiens grognent de plaisir. Le Ténèbre blessé regarde la nouvelle arrivante avec mépris et douleur. Ebora sourit d'un air mauvais. Elle se concentre à fond et élargit les blessures du condamné. Il hurle. Le sang s'écoule de partout et ses boyaux sortent de son corps déjà à moitié découpé. Son agonie dure plusieurs minutes avant qu'il ne ferme définitivement les yeux. La sorcière n'en revient pas. Pour la première fois de sa vie, elle a torturé quelqu'un. L'odeur du sang l'enivre. Elle se sent merveilleusement bien. Les chiens se nourrissent des restes de l'homme. Ebora visite la forteresse et le moins que l'on puisse dire, c'est qu'elle est à son goût. Pas de couleur chatoyante, la demeure est sobre, un peu mal rangée, mais rien de dramatique. Elle cherche le plus vite possible un miroir. Elle veut se voir, observer les changements en elle. Elle en trouve un dans la salle de bain. Elle éprouve d'abord un choc tant elle ne se reconnaît pas. Mais si, c'est bien elle, seulement quelques petits détails changent son visage. Ses yeux sont plus sombres, sa bouche plus rouge, son teint rosé a disparu, maintenant au contraire, il est blanc comme la mort et ses pommettes sont plus saillantes. Ses sourcils fins forment une courbe différente qui la fait paraître plus méchante et sévère. Elle adore son nouveau look. Pour la première fois de sa vie, Ebora se sent chez elle.

Elle se sent enfin elle-même.

Le lendemain soir, Ebora a pleinement pris connaissance des lieux et décide de se montrer au monde des Ténèbres. Elle s'habille élégamment et se maquille. Elle se sent divinement belle et prête à rencontrer ses chers compatriotes. Elle sort dans un bar très fréquenté. Le barman est surpris de voir une Ténèbre aussi belle. D'habitude, celles qui étaient jolies avant perdent tout leur charme une fois endossé le masque froid et cruel qui n'appartient qu'aux Ténèbres. Mais la jeune femme devant lui, mélange à la perfection beauté et terreur. Elle commande un verre et regarde ce que font les Ténèbres pour s'amuser. Elle remarque que certains jouent aux cartes mais que d'autres préfèrent les petits os à placer sur la table. Les musiques et les danses sont pleines d'énergie macabre. L'ambiance est fantastique. Ebora s'approche d'une table.

>   – Alors messieurs, quelqu'un pourrait-il m'expliquer comment ça se joue ?

Un homme à peine plus âgé qu'elle lève les yeux dans sa direction. Ebora est frappée par sa stature de colosse, elle a l'impression qu'il pourrait la briser en deux en un instant. Ses sourcils épais lui donnent un air de gros chien féroce.

>   – C'est très simple, on lance les os comme on lance les dés. Les plus petits doivent être les plus proches du centre. On gagne aussi des

points si nos os sont dans le même alignement.

– Tu veux essayer ? demande un autre avec des dents pourries.

– Non merci, je préfère vous regarder.

Apparemment, on va directement au tutoiement ici. Les hommes s'échangent de l'argent. Ebora se rappelle qu'ici les Ténèbres entre eux ne font pas de commerce. Ils jouent ou volent leur argent pour vivre. L'individu aux dents gâtées remporte la plus grosse somme. Ebora se fera un plaisir de le tuer plus tard pour récupérer son argent. Avant cela, le géant invite la tablée à prendre un autre verre.

– T'es nouvelle ici, non ? demande-t-il.

– Je viens d'arriver hier.

– C'est rare maintenant les nouveaux ici.

– Vous, vous êtes bien là.

– Tu peux me tutoyer tu sais ?

– Peut-être mais je n'aime pas ça.

– Comme tu veux. Je m'appelle Klen en fait.

– Ebora.

– Tu vas voir Ebora, tu vas t'éclater.

– Pourquoi avoir choisi Klen comme surnom ?

– Ce n'est pas un surnom. C'est mon vrai prénom.

– Vraiment ? Je vois.

– Toi t'as pas vraiment réfléchi à un autre nom, pas vrai ?

— Chaque chose en son temps.

Durant la soirée, plusieurs lui proposent de danser mais elle refuse, n'aimant pas cela. Ils organisent aussi des duels de sang ou le perdant risque fortement la mort. À nouveau, Ebora se sent emportée par l'odeur de sang. Elle découvre aussi que certains possèdent des esclaves, mais ils sont rares car souvent les prisonniers sont retrouvés par les gardiens. Ebora est enchantée par cette nouvelle expérience, de sa vie qui commence enfin. Elle entend de nombreuses plaintes sur le règne des Lumières et leur roi actuel.

J'avais oublié qu'ils avaient un roi, pense-t-elle.

- Le Roc est un boulet ! Ce roi ne fout plus rien depuis longtemps !
- La vie est belle ici. J'en ai marre qu'on risque nos vies en allant vers le sud !
- Putain, si j'ai choisi les Ténèbres c'est pour tuer des gens. J'ai dû massacrer combien de personnes depuis que je suis ici ? Quatre ou cinq.
- Même Klen ne fait pas le poids face aux gardiens alors qu'il est le plus puissant sorcier que je connaisse ! À part briser quelques crânes, il n'a pas beaucoup servi la cause.
- On se fait chier par moment quand même !

Face à toutes ces protestations, Ebora réfléchit à l'avenir de leur monde et ce qu'elle pourrait faire pour les aider à régner à nouveau. Elle se rappelle que tous ceux qui ont accompli de grandes choses pour leur peuple étaient les souverains. Les rois et reines Ténèbres sont ceux qui ont amené la mort et la violence chez les Lumières. Ils sont des guides, mais apparemment, le roi actuel n'est pas à la hauteur. C'est ça le problème, il leur faut un nouveau souverain. C'est à cet instant qu'Ebora décide de devenir reine.

Pendant des semaines, Ebora s'entraîne à devenir une souveraine parfaite. Elle ne veut pas seulement impressionner les autres par ses pouvoirs mais aussi par son allure et sa fermeté. Elle travaille désormais sa posture, sa grâce, son élégance et surtout son langage. Finit l'adolescente grossière, elle doit maintenant se comporter comme il sied à son rang. C'est de cette manière qu'elle se fera respecter. Cela n'est pas aussi facile qu'elle l'espérait, déjà elle a du mal à cacher ses sentiments et à ne pas se mettre en colère en deux secondes. Mais là, elle doit se forcer à arborer un visage de marbre. Elle veut qu'on ignore à quoi elle pense avant que ne se réveille sa cruauté. Ebora apprend aussi la politique, l'économie, non pas que cela ait autant d'importance, mais elle aimerait bien avoir quelques notions de base quand même. Pour voler de l'argent et de la nourriture, elle se risque à aller au nord de la Norvège pour massacrer les habitants. Heureusement, personne ne vient la capturer. En cette fin du mois d'octobre, Ebora se sent prête à être la reine qu'elle rêve de devenir.

Elle fouille dans ses vieilles affaires pour retrouver des photos de sa sœur et tombe sur une carte rouge avec un message rempli de mièvrerie. C'est le cadeau que lui a donné Foulmio. C'est là qu'elle se rappelle que c'est l'anniversaire de ce dernier. Et elle a une idée.

Albert se prépare dans sa chambre pour la photo. Il a dix-huit ans aujourd'hui, sa mère prépare le dîner et toute sa famille est prête à le féliciter pour son choix. Il est heureux et serein. Mais soudain, le noir se fait dans sa chambre. Ebora apparaît. Il ne l'a pas revue au lycée après les vacances et à en juger par ses habits très sombres, ses lèvres rouges sang et son teint blafard, il comprend pourquoi.

— Bonjour Albert, je t'ai manqué ?

— Heu, oui beaucoup.

— Bien, dans ce cas tu seras ravi de savoir que j'ai trouvé du boulot pour toi. J'ai besoin de ton intelligence.

— C'est gentil. Cela consiste en quoi au juste ?

C'est fou comme elle lui fait peur à présent.

— À être mon conseiller, mon assistant, tu feras tout ce que je te dirai.

— Mais ce sera dans les Ténèbres. Ebora, tu sais que je suis un vrai Lumière moi ?

— Oh oui c'est vrai. Tu es quelqu'un de bien. Et puis ton choix passe avant moi c'est normal.

— Ce n'est pas...

— Je croyais qu'il n'y avait pas de différence entre nous, qu'on se soutiendrait jusqu'au bout. Je pensais que tu m'aimais bien. J'ai eu tort, tant pis, oublions cela. De toute façon, une Ténèbre est incapable d'aimer.

— Ne dis pas ça ! Je t'aime vraiment !

— Non, c'est faux. Tu adores surtout la science. Mais heureusement si tu me suis, tu pourras avoir les deux.

— Je...

Elle s'approche si près de lui qu'il croit un instant qu'elle va l'embrasser. Il sent son souffle étonnamment glacé. Son cœur s'emballe tandis qu'elle lui chuchote à l'oreille :

— La science... et moi.

Puis elle s'éloigne, comme prête à partir. Troublé, il met du temps à se rendre compte qu'une fumée grise l'entoure. Ebora se retourne.

— Fais ton choix, Foulmio.

Albert continue à la fixer. Il n'a plus qu'elle en tête.

— Mon fils, qui est cette femme ? Qu'est-ce que tu fais en Ténèbre ?

Ebora n'a pas pu résister à l'envie de descendre pour voir la tête de toute cette famille heureuse. On peut dire qu'ils sont tous choqués que cet enfant sage et sérieux apparaisse maintenant dans une allure bien sombre. La mère est hystérique tellement elle se sent perdue. Elle tente de retenir le bras de son fils, mais Ebora les éloigne tous. Les deux Ténèbres sortent de la maison. À l'instant où la porte se referme derrière elle, Ebora lève sa main et la maison s'enflamme. Des cris atroces s'élèvent au milieu de ce brasier soudain.

— Non ! crie Albert.

Il veut retourner les sauver, seulement ses jambes refusent de bouger.

— Tss Foulmio, il ne faut pas gâcher le spectacle, dit Ebora d'un air moqueur.

— Laisse ma famille en dehors de ça ! Pourquoi leur faire du mal ? Tu as eu ce que tu voulais, non ?

— Voyons Albert, tu te fiches de moi ? C'est de *ta* faute s'ils meurent. C'est toi qui l'a voulu en choisissant Ténèbre. Tu ne peux t'en prendre qu'à toi-même. Ce n'est pas ma faute si tu es un traître.

Oh ! Comme elle se délecte de la souffrance qu'elle inflige à son ami. Des larmes roulent sur les joues de Foulmio. Il regarde douloureusement sa maison en train de brûler. Ebora retire le sort qui emprisonne ses jambes et ordonne :

— Viens maintenant. Mon règne va commencer.

Chapitre 24
Le règne

Ebora ordonne immédiatement à Foulmio de lui créer un objet d'une valeur inestimable. Quelque chose qui lui donnera le pouvoir de surveiller le monde. Albert se met donc à la fabrication d'une sphère verte. Il se met à étudier les livres qui théorisent ce genre de magie, il passe des nuits blanches dans son bureau. Ebora ne doute pas de sa réussite et au pire, elle le tuera. Sa principale préoccupation pour le moment est de demander audience auprès du roi des Ténèbres. Le Roc comme tout le monde l'appelle. Un jour, elle passe voir son fidèle serviteur plongé dans ses cahiers.

— Viens avec moi Foulmio. L'heure est venue.

— De quoi tu parles ?

— Je veux que tu me vouvoies à présent car bientôt je serai ta reine. Ne l'oublie jamais.

— Heu... oui d'accord.

— Bien, allons rendre visite à notre roi.

Le Roc boit tranquillement du vin assis sur son trône. Nul doute qu'il est un peu ivre. Cela manque de conversation par ici, beaucoup trop à son goût mais il peut se consoler en mangeant et buvant tout son soûl. Il semble joyeux avec son sourire béat, seulement au fond de son être, la partie qui est sobre repense à l'époque où il était encore un jeune Ténèbre, rêvant de dominer le monde. Cela fait quinze ans qu'il est au pouvoir. Il croyait changer la situation mais tout cela était vain. Il a mené de nombreuses batailles contre les Lumières seulement, à part ne pas se faire arrêter, il n'a pas accompli grand chose. Combien de fois s'est-il senti humilié, impuissant ? Alors il s'est réfugié dans l'alcool, pour oublier qu'il a perdu contre les Lumières, et toutes les plaintes que son peuple lui a adressé. Ces dernières années, son seul espoir résidait dans la venue de nouveaux Ténèbres particulièrement talentueux comme Klen ou son conseiller Black Blood. Mais même eux ne sont pas parvenus à rétablir le règne du mal. Ses pensées sont interrompues par un serviteur.

— Majesté, vous avez une audience aujourd'hui. La personne qui tient à s'entretenir avec vous est arrivée, accompagnée d'un autre individu.
— Faîtes-les entrer, peut-être qu'ils me distrairont.

Une femme magnifique et imposante fait son

entrée. Dans son ombre, un homme mince baisse les yeux et semble mal à l'aise. La nouvelle venue s'incline et salue son roi d'une voix mielleuse.

– Bonjour votre Majesté, je me nomme Ebora Etole, et avec mon serviteur ici présent, nous nous sommes récemment installés dans ce merveilleux pays. Nous voulions rencontrer notre roi.

– Alors bienvenue dans les Ténèbres ! Cela fait toujours du bien d'avoir de nouveaux habitants. Avez-vous déjà choisi un nom autre que celui que vous portiez dans votre ancienne vie.

– Pas encore Majesté, j'y réfléchis grandement.

– Je ne sais pas vraiment depuis combien de temps vous êtes là mais avez-vous commis votre premier meurtre ?

– J'ai tué bien avant d'arriver ici Majesté.

– C'est bien. Je suppose que vous n'êtes pas ici uniquement pour me voir. Vous avez sans doute une demande à me faire ?

– Votre Majesté, sourit Ebora en faisant une autre révérence, je suis venue jusqu'ici... juste pour vous tuer.

Avant d'avoir pu réagir, Le Roc voit un flot de magie vert-noir se transformer en un immense tentacule et s'enrouler autour de sa gorge. Les gardes se précipitent pour l'aider mais ils s'écrasent tous au sol. L'air manque au roi. Il est étonné de la si grande puissance de cette inconnue.

Tellement de pouvoirs ! Peut-être y a-t-il encore une chance pour notre royaume.

La dernière image qu'il aperçoit est celle de sa couronne qui se pose sur la tête de la sorcière.

Dans les maisons, les forteresses, les grottes ou les tentes, près des feux de bois ou en train d'aiguiser leurs armes, tous les Ténèbres entendent la nouvelle. La majorité d'entre eux courent jusqu'au château, voir si la rumeur dit vrai. Au loin, ils aperçoivent le signe que non, ce n'est pas un mensonge. Sur le toit de la plus haute tour du château, on a accroché le cadavre du roi sanguinolent. C'est la tradition qui signale aux Ténèbres que ça y est, ils ont un nouveau souverain.

— Ils arrivent votre Majesté.

Ebora est étonnée de la rapidité surprenante avec laquelle les serviteurs se sont ralliés à sa cause. Certes, il y a un manque d'effectif dû à la perte de beaucoup d'esclaves, mais la sorcière ne s'inquiète pas de cela, bientôt, elle aura une vie digne d'une vraie reine et pas le taudis dans lequel l'ancien roi a laissé ce château ! Il ne lui reste plus qu'à convaincre son peuple. Cela aussi elle l'a lu dans les livres. Les Ténèbres n'apprécient pas vraiment de devoir obéir à une nouvelle personne. Chaque couronnement donne lieu à des conflits, c'est au plus fort que reviendra la charge de gouverner.

Ebora sait que c'est maintenant ou jamais de prouver sa puissance car c'est son unique occasion d'inspirer la crainte et le respect. Soit elle réussie, soit elle échoue et elle se fait décapiter. La jeune femme ignore la force des Ténèbres, ce dont elle est sûre c'est de quoi elle est capable. Avant tout, Ebora doit faire preuve d'un calme à toute épreuve. Elle fait son entrée dans la salle du trône avec un visage impénétrable. Une foule immense s'entasse dans la pièce. Bien qu'ils braillent tous et se marchent sur les pieds, ils ne sont pas encore en soulèvement, ils veulent d'abord regarder de plus près la personne qui a tué leur roi. Au premier rang, juste sous ses yeux, Ebora reconnaît Klen et Black Blood, qu'elle connaît seulement de réputation et pour avoir lu nombres de ses crimes dans les journaux. La salle fait soudain silence. Ils s'attendaient à tout sauf à une jeune femme.

— Comment est-ce possible ? s'écrie Klen. Vous venez de devenir Ténèbre il y a seulement deux mois !

Des murmures parcourent la salle. Oui, ils sont tous très étonnés. Ebora lance son plus beau sourire.

— Bonjour chers sujets, je suis Ebora Etole, votre nouvelle reine.

— Tu n'es rien du tout ! proteste un nain rabougri.

— Si tu veux le trône, viens te battre ! T'es encore qu'une gamine ! s'exclame un elfe costaud.

- Comme si je n'avais que ça à faire. D'habitude j'adore user de mes dons, mais là se serait inutile. Je prends juste ce qui m'appartient de droit.

- Et pourquoi ça devrait être à toi ?

- Parce que je vais ramener notre règne. Je suis celle qui va redonner vie aux Ténèbres. Vous croyiez vraiment pouvoir battre les Lumières avec cet alcoolique ?

- Même Klen et Black Blood n'ont pas réussi à tuer les gardiens et ils sont les plus forts d'entre nous ! fait remarquer un harpie à la peau étrangement verte. Alors vous comptez faire comment ?

- J'ai bien plus de pouvoirs que vous tous. Vous n'avez jamais entendu parlé d'un bébé né avec des pouvoirs ?

Quelques uns seulement hochent la tête, se demandant bien où est le rapport.

- Et bien ce bébé, c'était moi.

- On s'en fiche de tes soi-disant grands pouvoirs ! s'énerve le nain.

- Ce n'est pas toi qui changera quelque chose ! crache Klen. Tu n'es pas notre reine !

- Dîtes-moi que je rêve. Alors c'est ça les fameux Ténèbres ! Des poules mouillés, des bons à rien, qui ne savent pas reprendre ce qui est à eux ! Je sais que la majorité d'entre nous n'étions pas nés à l'époque de notre dernier règne. Mais bon sang ! Vous avez bien dû en entendre parler ! Je savais que la situation était critique mais pas à ce point. Vous avez peur alors que nous savons tous qui détient le véritable pouvoir. *Nous* avons le pouvoir ! Le pouvoir de la mort !

— Coupez-lui la tête ! crie le nain.

Ils s'élancent tous dans sa direction, espérant avoir le privilège de lui ôter son petit air hautain. Ebora lève la main. Les Ténèbres s'envolent, ils sont propulsés contre les murs, d'autres sont paralysés et ceux qui restent mordent la poussière. Elle les humilie tout en continuant son discours.

— Vous vous voilez la face. Il est temps de laisser les professionnels agir. Je connais les gardiens et leurs méthodes. J'ai étudié leurs enquêtes toute ma vie. Soyez avec moi, ou contre moi. Je pourrais me battre seule si je le veux, mais cela ira plus vite si on s'y met tous ensemble. Il est temps de faire régner la terreur à nouveau.

Les Ténèbres jettent des coups d'œil autour d'eux et se rendent compte qu'elle a réussi à les battre tous. Sa magie relève presque du miracle. Finalement, il est peut-être bon de lui laisser sa chance. Alors ils se lèvent doucement. Le nain rabougri tremble de colère. Il tient fermement sa hache quand tout à coup, une voix grinçante se met à chanter :

— *Votre reine vous invite à la fête...*

C'est un dragon transformé en humain. Ses dents pointues rendent son sourire terrifiant.

- *Il est temps que ça s'arrête...,* continue une femme aux cheveux poisseux.
- *Dans les rues à nouveaux les corps,* clame haut et fort Ebora.
- *Nous avons le pouvoir de la mort !* hurle le jeune dragon.

Les Ténèbres poussent un cri de joie et brandissent leurs armes. Ils chantent à tue-tête la chanson et disent en même temps tout ce qu'ils aimeraient faire.

On pourra les brûler, les manger, les écarteler, les découper, les torturer, les écorcher, les éventrer, les pendre ! Nous avons le pouvoir de la mort !

Cette dernière phrase reviendra en boucle durant de longues années.

Edgar Lewis arrive avec sa troupe de gardiens. Les Ténèbres sont venus en très grand nombre. Le roi a dû conduire une armée. C'est étrange car cela fait bien longtemps qu'il n'a pas fait ce genre de bataille. Enfin, les monstres ne s'avouent pas vaincus si facilement. D'autres gardiens qui ne font pas partie de son agence, ainsi que plusieurs policiers sont déjà sur place. Edgar a un mauvais pressentiment. Pourtant, il a déjà vécu cette situation. Ils sont les plus forts et bientôt, tout ce joli petit monde retournera d'où il vient, dans les

Enfers. Tout en combattant, il remarque que les siens prennent l'avantage. De nombreux Ténèbres sont mis à terre. Soudain, un vent violent se lève et emporte les maisons. Edgar entend les cris terrifiés des habitants. Il doit y avoir un groupe de sorciers pas loin. Le chef de l'A.S.M (Agence sauver le monde) se précipite hors du bain de sang. Il voit la terre trembler, se creuser et former des pics monstrueux qui montent haut dans le ciel. Sur l'un d'eux, il a la surprise de trouver une femme très jeune et très belle, mais avec une expression de folie meurtrière. Il jette des coups d'œil aux alentours or non, il n'y a aucun autre Ténèbre dans les parages. Alors cette jeune femme à elle toute seule arrive à causer de si grands dégâts !

   — Votre règne touche à sa fin, dit-elle.

Les gardiens et les policiers lancent des sorts s'ils sont sorciers, à défaut leurs armes. Ils sont beaucoup trop nombreux, elle ne peut pas s'échapper. Toutefois, la sorcière ne bouge pas d'un cil. Tous les projectiles sont déviés et elle n'a pas la moindre égratignure.

   — Comment osez-vous ? Je suis la nouvelle reine voyons !

Edgar remarque enfin sa couronne. Si jeune et elle a déjà tué le roi Le Roc ! Comment est-ce possible ? Des pics de glace apparaissent et transpercent le cœur de toutes les personnes présentes. Edgar esquive, il use de sa magie mais en même temps, il se rend compte à quel point les pouvoirs de son adversaire sont puissants. Ses sortilèges sont inefficaces et un morceau de glace finit par l'embrocher. Il pense à son fils qu'il ne reverra plus jamais. Puis il sombre dans le néant.

Robert et Martha regardent la télévision quand ils la voient. Cette horrible catastrophe survenue à la capitale. On compte déjà des milliers de victimes et on repasse des extraits que des journalistes ont pu filmer. Les gardiens ont été tués, tous sans exception. Cela fait froid dans le dos.

— On parle d'une nouvelle reine. C'est elle qui les a tués, et en même temps. Cette sorcière a vraiment beaucoup trop de pouvoirs !

Ils aperçoivent l'ouragan, la terre déformée, les pics de glace avec les corps sanglants. Enfin, le visage de la reine des Ténèbres leur apparaît. Ils poussent un cri horrifié.

— Qu'est-ce qui se passe ? demande Isabelle en entrant dans le salon.

— Rien ma chérie, retourne dans ta chambre ! la presse Martha.

— Il y a eu une catastrophe !

Elle a le temps d'apercevoir les décombres, mais heureusement, elle n'a pas vu Ebora. Ses parents la chassent du salon et se lancent des regards paniqués. Cette fois, la cruauté de leur fille s'est révélée entièrement, bien plus que le jour où elle a fait son choix. Aujourd'hui cela devient encore plus réel car c'est elle qui va contrôler leur vie désormais.

À l'instant même où Edgar Lewis perd la vie, des nuages noirs viennent obscurcir le ciel. Ebora sourit. Elle a réussi, les Ténèbres règnent à nouveau. Son peuple vient s'incliner devant elle en poussant des cris de joie.

— Vive notre reine !

Ebora goûte à ce bonheur. Enfin, elle a trouvé sa place dans ce monde. Elle est la reine de l'univers à seulement dix-huit ans.

— Comment allez-vous vous appeler ? demande le nain.

Elle ne l'aime vraiment pas celui-là, surtout que son ton est un peu condescendant.

— À partir d'aujourd'hui, tout le monde m'appellera... Le Mal !

Et elle dessine sa marque dans les airs. Celle qu'elle a imaginé tellement de fois en rêve. Une main noire, menaçante, avec de longs doigts et un M à l'intérieur. Les Ténèbres applaudissent. Ebora sourit, fière de sa victoire.

— Comment vous appelez-vous monsieur le nain ? demande-t-elle.

— Vorace Majesté. On me nomme Vorace.

— Très bien Vorace, vous aurez l'honneur d'être le premier à être torturé au château sous mon règne.

Avant qu'il n'ait pu réagir, des gardes l'entraînent. Tout à coup, Ebora a une furieuse envie de prendre un bain. Un bain de sang.

Chapitre 25
Le crépuscule

La foule est nombreuse en ce jour et cela pour une bonne raison. Aujourd'hui, la reine va choisir ses ministres, ses conseillers. Il n'y a pas vraiment de règles chez les Ténèbres, les anciens souverains les choisissaient de diverses façons : certains en prenaient dix, d'autres trois. Ebora elle, a décidé de faire un concours vu qu'elle adore cela. Les Ténèbres sont impatients de montrer leur talent. Albert se fait discret comme toujours. Maintenant qu'il vit au château, il a plus de matériel pour ses recherches et passe davantage de temps à travailler mais il est tout de même forcé d'assister à ce genre de réunion qu'organise sa reine. Ebora s'assoit et commence alors le concours. Le poste de ministre est très convoité apparemment. Elle trouve de tout : des cannibales, des éventreurs, des tortionnaires, des guerriers... Les combats durent des heures, beaucoup y perdent la vie car même si ce ne sont pas des combats à mort, les Ténèbres ne retiennent pas leurs coups. Ebora observe tout, leur habilité, leur cruauté, leur capacité de réflexion. Elle doit trouver des êtres un minimum stables pour qu'ils puissent lui obéir en toute circonstance. La jeune femme se demande si elle parviendra à maintenir une discipline de fer en commandant des gens plus vieux et expérimentés. Elle paraît bien faible en comparaison. Heureusement qu'ils l'ont vue écraser ces gardiens comme des insectes. En fin d'après-midi, les jeux sont terminés. Ebora se lève et prend la parole :

   — Très bien, merci mesdames et messieurs de m'être aussi dévoués et d'avoir montré votre bravoure. Malheureusement, j'ai décidé de ne prendre que cinq d'entre vous. Je vais vous les citer par ordre d'importance. Mon premier ministre est sans hésitation... Klen.

On applaudit le sorcier à l'allure de géant. Il s'avance et s'agenouille devant sa reine. Puis il se relève et s'installe près d'elle.

   — Mon deuxième ministre est : Black Blood.

Là pas de surprise pour les Ténèbres qui connaissent tous le talent de cet homme et ses services auprès de l'ancien roi. Il salue la foule et rejoint Ebora.

   — Mon troisième ministre est : L'Éventreur.

Un homme chauve et mince s'avance. Accrochés à lui, se trouvent toutes sortes de couteaux pointus et aiguisés.

– Le quatrième : Le Monstre Vert.
Ce harpie avec une anomalie de la peau a des dents jaunes immenses. Il connaît mille façons de tuer mais il est surtout célèbre pour étrangler ses victimes. Il est le plus jeune avec Klen.

– Et enfin, Le Glouton.
C'est sûrement le plus important des membres des cannibales avec une fille émaciée du nom de Jade. Ce sont des fous qui portent des bouts d'organes et de chairs autour du cou. Contrairement à Jade, Le Glouton est énorme. Il supportait mal l'enfermement des Ténèbres car il devait se résigner à manger plus d'animaux que d'humains. Ebora sait qu'elle a bien choisi ses conseillers. Elle s'est bien renseignée, ils sont les hommes les plus craints, ils se sont révélés extraordinaires dans les combats par ailleurs, ce sont des hommes, ils sont plus manipulables que les femmes. Enfin, c'est ce qu'elle croit en tout cas.

Robert et Martha ont reçu des tas d'appels des membres de la famille qui demandaient des explications. Jamais ils ne se sont sentis aussi humiliés, trahis et honteux. Ils ont rayé le nom d'Ebora de leur vie. Ce n'était plus leur fille. Ils disputaient Isabelle quand elle parlait de sa sœur.
Cette dernière ne comprend décidément rien à ce qui se passe. Ses parents ne se montrent pas aussi durs d'habitude. C'est la première fois qu'elle a des différends avec eux. Et avec Ebora partie,

l'adolescente se sent seule. Elle en a marre de Térograd et veut aller à la Personnalitis Academy pour au moins revoir sa meilleure amie Cécile. Au collège, les autres enfants lui parlent du Mal, la nouvelle reine des Ténèbres. C'est elle qui a provoqué toutes ces catastrophes qu'elle a vues à la télévision. Elle n'arrive pas à croire qu'un être puisse être capable d'autant de cruauté. Elle éprouve de la peur et du dégoût face à ce monstre. Mais Isabelle est une éternelle optimiste. Elle rassure ses amies en leur disant que le règne des Ténèbres ne durera pas longtemps, que tous les pays du monde sont contre eux. Seulement, elle ne parvient pas à leur rendre le sourire. Surtout que les jours qui suivent s'avèrent aller de pire en pire. Beaucoup d'élèves se retrouvent orphelins ou se sont eux-mêmes fait tuer par des Ténèbres. La jeune sorcière n'ose pas avouer que sa sœur en est une également. Elle sait qu'Ebora n'a rien à voir avec les massacres. Elle ne trouve pas le nom de son aînée et craint qu'elle n'ait été tuée dans les Enfers. Elle a appris que même les Ténèbres s'entre-tuent après tout. Les écoles mettent en place des protections. Les villes deviennent des lieux de bains de sang. Isabelle ne sait pas comment son monde a-t-il pu changer comme ça. La nuit lui paraît terrifiante désormais. Ses parents refusent qu'elle sorte seule. Chaque personne redoute l'arrivée des ennemis, d'autant plus que le gouvernement a du mal à mettre en place des dispositions. Il compense la perte des gardiens en affectant plus de policiers, mais ces derniers sont moins compétents et ne parviennent pas à arrêter les Ténèbres. Les plus chanceux réussissent à s'échapper, les autres meurent ou finissent à l'hôpital. La peur s'est installée sur le monde.

Les années passent. Ebora s'est faite à son rôle de reine. Elle a l'impression d'être née pour cela. Bien sûr, les journées sont parfois monotones avec les réunions, l'organisation des fêtes ou de ses sorties pour aller massacrer des populations. Cependant, son pouvoir s'est affermi et elle se sent enfin heureuse. Elle s'entend à merveille avec ses ministres, Albert aussi se révèle être un excellent compagnon. Quand ils ne travaillent pas ensemble sur un projet, elle s'amuse à le torturer mentalement. Un vrai réseau d'esclaves se met en place. Les prisons se remplissent et Ebora commence à prendre des bains de sang. Elle donne plusieurs séances de tortures quotidiennes. Lorsqu'elle a du temps libre, elle lit des livres sur tout ce qui concerne la magie et comment augmenter ses pouvoirs. Elle parvient à espionner sa sœur par l'intermédiaire de l'invention de Foulmio, une grande sphère verte qui lui montre des tas de choses. La jeune reine ne peut s'empêcher de penser que si elle était là, son bonheur serait complet. Il faut être patiente. Le château resplendit d'une lueur macabre, Ebora se fait une grande collection d'animaux de compagnie pour les envoyer sur des victimes de choix. Ils sont plus hideux les uns que les autres : des oiseaux géants au bec crochu, une bestiole qui ressemble plus à une plante carnivore, des boules de poils à dix yeux... Ils sont aussi avides de sang et de chair qu'elle. Les Ténèbres voyagent à nouveau et dans tous les pays, ils se rebellent et même parfois, prennent le pouvoir des gouvernements. Ebora a pensé à devenir la présidente de la France, mais ce qui l'intéresse n'est pas de s'occuper de vulgaires citoyens, c'est d'avoir la plus puissante des magies et de torturer autant de personnes que possible. En cela, son rôle de reine des Ténèbres est l'idéal.

Pour Isabelle, les années passent beaucoup moins vite. Malgré les attaques incessantes des Ténèbres, elle parvient à vivre une vie relativement normale. Elle arrive à retrouver le sourire et à pardonner à ses parents d'avoir chassé sa sœur. Dès la fin du collège, elle se rend compte qu'elle a un certain succès auprès des garçons. Toutefois, la jeune fille est un peu trop romantique et idéaliste pour avoir une relation sérieuse avec un adolescent. C'est au lycée qu'elle a ses premiers coups de cœur mais cela ne dure pas très longtemps. Isabelle décide d'abandonner cette partie là de sa vie pour se concentrer sur ses études. Elle est très douée en sortilèges et en histoire de la magie. Aucun élève ne fait le rapprochement entre elle et Le Mal car peu de personnes connaissent vraiment le visage de la reine. Seule une bonne partie des professeurs reconnaît les traits d'Ebora sur son visage. Ils lui jettent souvent des regards en coin et chuchotent sans qu'elle le remarque. Heureusement d'autres sont plus indulgents. Mme Vauchevant et Mr Ssss savent à quel point Isabelle est différente de sa sœur, et surtout qu'elle n'est pas au courant de l'horrible tragédie qui vient de déchirer sa famille. La jeune professeure ne comprend pas pourquoi les Etole ne disent rien à leur fille. Certes, cela serait dur, mais Isabelle ne vivrait pas dans l'insouciance. Elle sent que cette histoire finira mal.

Chacune se prépare pour ce grand jour. Isabelle porte une magnifique robe rose bonbon et Ebora, une robe de la même couleur que ses cheveux. Elles se maquillent, se coiffent et s'admirent dans la glace. C'est enfin l'anniversaire de la deuxième sœur sorcière. Toute la famille est invitée ainsi que les amis. On a organisé un barbecue dehors. C'est une chaude soirée de juillet. Les rires se mêlent au bruit des animaux de la ferme. Laura discute avec Martha en disant qu'elle a retrouvé le bonheur auprès d'un homme. Théa sert des gâteaux à Cécile et Elsa, les grandes amies d'Isabelle. Sa cousine arbore un grand sourire, c'est comme si les horreurs qu'avaient commises Ebora étaient oubliées. Une seule personne n'est pas vraiment dans son assiette : Isabelle. Elle n'arrête pas de penser :
Et si ma sœur m'avait oubliée depuis tout ce temps ? Et si elle ne venait pas me chercher ?
La musique accompagne cette très belle fête.

Isabelle trouve très étrange que depuis le choix d'Ebora, personne dans sa famille ne mentionne son nom. Bon, elle sait que les Ténèbres sont d'horribles personnes mais elle a fait ses propres recherches et elle sait qu'ils ne choisissent pas tous cette voie pour tuer. Certains veulent juste vivre en paix, en dehors des lois et se retrouvent assimilés à ces monstres, mais la jeune fille est persuadée que sa grande sœur a décidé d'être Ténèbre pour la même raison qu'eux. Ce qu'elle ignore, c'est que souvent ces cas-là finissent par prendre goût au sang. Et de toute façon, même si son hypothèse était vrai, chez les Etole, on est Lumière, un point c'est tout. Isabelle tente de sourire quand même pour saluer tout le monde. Elle discute avec ses amies, mange toutes les bonnes choses sur la table et danse avec sa mère. Elle veut vivre les derniers instants avec sa famille à fond. Elle pense tristement qu'ils la renieront aussi lorsqu'elle aura fait son choix. Mais elle ne peut plus reculer, elle a conclu une promesse. Le soleil se couche à l'horizon quand Isabelle aperçoit la fumée grise qui l'enveloppe. Martha s'écrie émue :

— Ah ! Ma petite fille va devenir une adulte !

Isabelle fait le vide en elle. Ne pas penser à ses parents, ne pas penser à ses amies, juste penser à *elle*.

Je veux devenir Ténèbre, comme ma sœur.

Elle sent une puissante magie très étrange, monter en elle. Elle voit sa peau pâlir, sa robe s'assombrir.

Tout le monde crie. Ils sont tous abasourdis. Elle, la fille adorée, la personne la plus gentille au monde qui choisit les Ténèbres ! C'est à ne pas y croire. Elle se sent très triste face à leur réaction. Un tourbillon de magie vert-noir apparaît et sa sœur atterrit devant elle avec un grand sourire. Isabelle remarque tout de suite que son aînée s'est faite belle pour son anniversaire et cela la ravit.

— Ebora, comme tu m'as manqué !

— Moi aussi tu m'a manqué.

Elles se serrent dans leurs bras. La reine, triomphante, fige l'assemblée qui ne peut plus bouger, ni parler.

— Ne t'inquiète pas Isa, je fais ça pour qu'ils n'essaient pas de te retenir. Le sortilège s'effacera quand nous partirons.

— Je veux juste leur dire un mot, dit-elle en se retournant vers sa famille. Je sais que je vous déçoit beaucoup et j'en suis désolée. Mais Ebora n'est pas comme les autres Ténèbres. Elle est différente ! Vous ne pouvez quand même pas croire qu'un membre de notre famille puisse commettre des actes aussi atroces. J'aurais voulu rester avec vous si vous m'aviez laissé le choix. Mais vous m'avez forcée à la rejoindre. C'est ma sœur et ma place est auprès d'elle. Je l'aime et je lui ai fais la promesse de la suivre dans les Enfers.

L'assemblée aurait tout donné pour pouvoir ouvrir la bouche, la mettre en garde, lui expliquer tout ce qu'Ebora avait fait. Mais il est trop tard. La reine s'approche de ses parents et chuchote à leur oreille de sa voix glaciale.

— Elle est à moi, à présent.

Elle rejoint Isabelle et ensemble, elles disparaissent.

— Tu es une reine !

— C'est exact, et par conséquent, tu es la princesse.

— Alors qu'est-il arrivé au Mal ?

— Au Mal ?

— Tu sais, la reine des Ténèbres. C'est une horrible personne !

— Ah vraiment ?

Ebora n'est nullement vexée de cette remarque. Elle adore être mauvaise. Mais il faut qu'elle trouve le moyen de manipuler sa sœur de nouveau.

— Oui, mais tu as dû la croiser non ?

— Oh oui, je l'ai connue. Elle est morte.

— Oh !

Même le décès de quelqu'un qu'elle déteste lui fait tout drôle. C'est sûr, il n'y a pas meilleure Lumière qu'elle.

— Oui, j'ai sauvé le monde Isabelle. Les Ténèbres n'embêteront plus les Lumières maintenant que je suis sur le trône, je te le promets. Mais ce n'est plus de notre ressort désormais. Je dois reconstruire une civilisation marquée par le vice et la haine et

210

j'ai besoin de ton aide.

— Bien sûr, je serai là pour toi.

Ebora sourit. Sa sœur ne verra jamais ce qui se passe ailleurs. Elle restera ici, pour toujours, préservée de la violence du monde.

— Enfin, viens avec moi, je vais te faire visiter.

Telles des statues, les invités de la fête attendent en silence. Ebora réapparaît soudain, ce qui ne rassure personne.

— Alors, je suis venue vous libérer.

Son expression est moqueuse et cruelle.

— Ma fille, gémit Martha qui reprend peu à peu possession de la parole.

— Il n'y a pas de fille qui tienne ! Il me semblait que je n'étais plus votre enfant mère. Avant de vous libérer entièrement du sortilège, j'essaie de me remémorer les bons moments passés avec vous. C'est fou comme j'ai détesté chaque instant en votre compagnie. Et là je parle à tout le monde. Vous aimez tellement la morale, la bonté, les mouvements de groupe. J'avoue que j'aurais pu faire plus d'efforts, mais c'était au-dessus de mes forces. J'ai toujours rêvé de ce moment où vous seriez à ma merci. Qu'est-ce que vous me disiez déjà, papa maman, quand je n'étais pas sage ?

— Ebora, implore son père.

Tout le monde est effrayé. La reine sourit.

— Ah oui, cela me revient. Arrête de faire le mal.

Elle part d'un rire terrible qui fait parcourir des frissons dans le dos de l'assemblée.

— Voici venue l'heure... de votre libération !

Des flammes jaillissent de ses mains et le feu se propage à travers les invités, les animaux et la ferme. En même temps, le sortilège cède et les invités se mettent à courir dans tous les sens pour chercher de quoi éteindre les flammes. La maison s'embrase, le toit s'effondre. Les animaux ne peuvent s'enfuir de leur enclos, seuls quelques chevaux y parviennent mais leur crinière est déjà un torrent de feu. Tout ce qui brûle éclaire la nuit noire. Les cris sont atroces et les corps se roulent sur le sol. Devant ce chaos, Ebora rit. Jamais elle n'a été aussi heureuse. Sa vengeance est accomplie et on peut dire qu'aujourd'hui est le plus beau jour de sa vie.

Chapitre 26
Une vie de Ténèbre

Les mois, les années suivants passent comme un rêve pour Ebora. Elle possède enfin tout ce qu'elle a toujours désiré. Isabelle se fait peu à peu à sa nouvelle apparence qu'elle juge trop froide et triste. Mais s'il n'y a que cela pour être avec sa grande sœur, elle est prête à en payer le prix. La reine doit bien admettre qu'il est très compliqué de lui cacher toute la vérité. Elle demande aux gardes de la surveiller discrètement et de faire en sorte qu'elle ne s'approche jamais de la salle de réunion ou de celle du trône pour ne pas qu'elle assiste aux exécutions et à ses manigances avec les ministres. Il en est de même pour les cachots et les animaux les plus repoussants qui doivent rester hors de sa vue. Ebora a dû aussi se résoudre à enlever les chaînes des prisonniers qui travaillent pour elle et leur a ordonné de sourire devant la princesse. Les plats à base de chair humaine doivent être amenés dans sa chambre et non dans la salle à manger où doit résider les meilleurs aliments du monde. Le plus dur c'est lorsque tous les Ténèbres viennent au château, pour les bals par exemple. Elle a tellement peur qu'un de ces idiots fasse une gaffe. Surtout que là, elle se voit obliger de leur laisser leurs danses et leurs musiques. Tant pis si cela déplaît à Isabelle, elle ne peut pas tout le temps prendre soin d'elle. Ses sujets ne comprennent toujours pas son attachement pour la jeune princesse. Les ministres surtout, bien qu'ils obéissent à ses ordres à la perfection, ont du mal à saisir l'intérêt d'avoir la cadette de la reine au château. Lorsqu'ils la voient, elle est toujours polie, sourit à tout le monde, chantonne en permanence. Elle respire tellement l'insouciance qu'ils ont eu en tête plusieurs fois de lui découper son petit minois. Mais personne n'est assez fou pour se mettre Le Mal à dos. La bonne nouvelle, c'est qu'en décembre 1996, ils ont pu organiser le plus grand massacre depuis des années lors de la Lune de Sang. Elle se déroule tous les vingt ans et les Ténèbres adorent prendre les fêtes des Lumières à leur avantage. Ce jour-là, la reine prend soin d'endormir Isabelle pour éviter qu'elle ne l'accompagne. Le lendemain, elle n'aura aucun souvenir qu'une fête s'est organisée au château.

En ce début d'année, les deux sœurs sont plus proches que jamais, et cela parce qu'elles ont une passion commune pour les sortilèges. Sans le savoir, Isabelle apporte de nouveaux éléments à

Ebora au sujet de la magie. La reine augmente considérablement ses pouvoirs de jour en jour, tout comme sa sœur qui finit toujours cependant par y renoncer, n'étant pas ambitieuse.

- Isabelle, j'aimerais que tu viennes avec moi voir mon bibliothécaire. C'est un grand savant qui en connaît un rayon sur les sorts puissants. Il m'a dit qu'il a fait une grande découverte et qu'il tient à m'en faire part.

Sa cadette la suit donc jusque dans l'immense bibliothèque. Un nain à la peau brunie et avec de gros grains de beauté sur le visage feuillette un épais volume qui a pris la poussière.

- Votre Majesté, bonjour, vous cherchez le moyen d'acquérir plus de pouvoirs ?

- Je veux connaître tous les secrets que la magie peut nous apporter. C'est dans un but purement scientifique, dit-elle en jetant un coup d'œil à sa sœur.

Le bibliothécaire a compris. Il a été prévenu qu'Isabelle ne devait rien savoir au sujet des projets de la reine. Devenir une sorcière invincible.

- Oui, j'ai de nouveaux éléments. Voyez-vous, cette bibliothèque est si grande qu'une vie entière ne suffirait pas pour tout lire. Je me suis rendu compte que les livres plus contemporains ne nous apprenaient pas grand chose, alors je me suis plongé dans des lectures des temps plus anciens, notamment le Moyen-Âge. Et j'ai trouvé ceci.

Il sort une page jaunie et abîmée qui s'est séparée du livre tellement elle est vieille. Il la lit à haute voix.

— Il s'est avéré quelque chose de bien curieux et qui contredit toutes les lois sur les créatures que nous connaissons depuis toujours. Certains individus naissent avec les caractéristiques des huit personnalitis. Ils sont généralement forts mais ont du mal à contrôler toutes leurs capacités en même temps. Ils gardent souvent seulement deux ou trois personnalitis différentes pour survivre, généralement celles de leurs parents et celle qu'ils parviennent le mieux à maîtriser. C'est extrêmement rare ce genre d'anomalie, en effet, on estime que douze Éternelles naissent en un demi-siècle dans le monde. Pourtant, ces créatures considérées comme des erreurs de la nature ne datent pas d'aujourd'hui, déjà des poèmes anciens mentionnent ces êtres et les appellent les Éternelles. Ces écrits affirment que si on enlève à chacun leur don, on obtient le pouvoir infini. Une puissance qui durera à jamais. Mais attention, ils doivent tous être nés dans le même demi-siècle. Si l'un des douze meurt, retour à la case départ. Beaucoup se demandent encore s'il s'agit là d'une légende ou d'une véritable magie.

— Je n'aime pas du tout cela, avoue Isabelle.

Priver des innocents de leurs facultés pour devenir immortel et invincible. Il faudrait être fou pour vouloir une chose pareille.

Ebora lève les yeux au ciel. Parfois la naïveté de sa sœur met ses nerfs à rude épreuve. Elle n'a aucune conscience de ce que l'esprit des hommes est capable d'imaginer.

— Isa, tu veux bien sortir s'il te plaît. Nous devons parler en privé.

Elle obéit, à contrecœur. Ebora attend d'être sûre qu'Isabelle ne pourra pas l'écouter avant de poursuivre.

— Continuez je vous prie. Ma sœur n'est plus là, il n'y a donc plus aucun tabou.

— C'est tout, enfin non, il reste cette phrase : *Comme il existe des moyens de reprendre ce qu'on nous a dérobé, seule la mort pourrait assurer le règne de l'éternité.*

— C'est incroyable ! Plus que ce que j'en espérais ! Je deviendrai immortelle ! Rien ne m'arrêtera.

— À condition que ce ne soit pas qu'une légende.

— Je suis prête à le vérifier. Quand même, c'est vrai que je doute déjà de leur existence, je n'ai jamais entendu parler des Éternelles.

— Moi si, ce nom ne me dit rien, mais la description qu'on fait d'eux me rappelle un individu hors du commun considéré comme un héros au Brésil. Ce danseur brésilien peut changer de forme et par forme, j'entends le fait de passer de vampire à elfe et de sorcier à loup-garou. Je crois bien qu'il s'agisse du seul Éternelle connu de nos jours.

— Parfait, je vais vraiment entrer dans l'histoire après cela.

Albert utilise les cheveux du premier Éternelle tué pour améliorer sa machine. Ebora l'observe avec impatience.

— Voilà Majesté, avec cela, la pierre qui sait tout trouvera tous les autres Éternelles. Cela prendra du temps par contre, surtout s'ils ne sont pas encore tous nés.

— Il faut que j'attende jusqu'à la fin du vingtième siècle pour être sûre qu'ils soient tous là. Ne me déçois pas Foulmio. C'est certainement la chose la plus importante de toute ma vie !

— Ne vous en faites pas ma reine. Qu'importe le temps que cela prendra, vous serez servie.

Isabelle ne peut s'empêcher de ressentir des frissons dans ce lieu si sombre et morbide. Comment sa sœur fait-elle pour vivre dans pareille demeure ? Il est vrai qu'elle a toujours eu un faible pour le noir et le rouge. Elle se sent si seule. Sa sœur fait tout pour être disponible, mais elle reste une reine avec des responsabilités, bien que, à ce qu'elle a compris, dans les Ténèbres il y a beaucoup moins de choses à se soucier, ou plutôt, chacun se soucie de lui-même. Elle a l'impression de ne pas être à sa place ici. Personne ne veut lui parler, même pas les servantes qui détournent le regard. Isabelle ne s'est jamais sentie rejetée de la sorte auparavant. Il y avait toujours des personnes pour rire à ses blagues, partager un déjeuner. Un jour, elle a demandé à Ebora pourquoi les gens semblaient ne pas l'apprécier. Elle a juste répondu.

— Ils font leur travail c'est tout.

— Même pendant les fêtes, personne n'ose me parler.

— Que veux-tu ? Tu les impressionnes. Ils ne sont pas habitués à voir quelqu'un comme toi. Mais ne t'inquiète pas, je reste avec toi coûte que coûte.

Cela rassure Isabelle d'avoir une amie comme elle à ses côtés. Seulement, cela ne suffit pas. L'amour d'une sœur ne peut pas à lui seul combler le vide de son cœur. Parfois, la nuit, elle pense à ses parents qui lui manquent énormément, et elle se met à pleurer sur son oreiller. Elle a beau se dire qu'ils ne l'accepteront jamais, une partie d'elle se dit qu'ils aimeraient la revoir. Et puis il y a Cécile, son ancienne marraine Elsa. Elles, au moins, ne sont pas dans le jugement. Sa sœur ne veut pas entendre parler de leur ancienne vie.

— Votre sœur vous a fait chercher partout. Elle veut vous faire savoir qu'elle part au Canada pendant une journée.

Isabelle sursaute. Elle reconnaît l'homme maigrichon qui se tient près d'elle.

- Monsieur Foulmio, vous savez pourquoi ma sœur part au Canada ?

Pour tuer le deuxième Éternelle. C'est moi qui l'ai aidée, c'est moi qui vais tuer cet innocent, pense le pauvre conseiller.

- Mission diplomatique de reine.
- On ne se voit pas souvent, mais j'ai l'impression qu'on s'est déjà connu avant.
- J'ai un visage très oubliable vous savez.
- Mais non, ça y est je me souviens. Vous étiez au lycée avec Ebora ! Albert c'est ça votre nom, non ?
- Vous vous rappelez de mon prénom. Normalement je suis plutôt quelqu'un d'invisible.
- C'est vrai que vous êtes discret, ou alors c'est le château qui est trop grand, raison pour laquelle je ne vous vois jamais.
- Je suis désolé. C'est votre sœur qui m'a conseillé de rester dans l'ombre.
- Ma sœur a des drôles d'idées parfois.
- Vous êtes sûre que tout va bien ? J'ai cru un moment que vous étiez soucieuse.
- Oui, tout va bien, c'est moi qui me prend trop la tête.

Albert hoche la tête et continue son chemin. Un instant, il se retourne et lui dit :

– Si vous avez besoin de quelqu'un pour parler, je suis là. Mon labo est au fond du couloir à droite.

Isabelle lui sourit. Au moins une personne se préoccupe d'elle.

Il s'en est passé des choses en si peu de semaines. L'invention de Foulmio fournit des résultats rapidement tant que la mèche de cheveux est récemment coupée. Après, elle perdra peu à peu ses capacités magiques. Au lieu de montrer des visages et des noms, la sphère ne sera plus qu'en mesure de révéler les lieux où les Éternelles se trouvent. Ebora est donc persuadée qu'il faut continuer vite sur sa lancée. Elle vient voir Foulmio qui l'a appelée, convaincue que c'est pour lui apporter une bonne nouvelle.

– J'en ai trouvé un troisième, l'avertit Albert immédiatement.

– Bien, dis-moi son nom.

La jeune femme entre dans son minuscule studio, ses courses dans les bras. Elle enlève ses talons hauts et range ses affaires. C'est en déposant des oranges dans la corbeille à fruits qu'elle sent une présence. Elle renifle l'air. Oui, cette odeur ne lui est pas inconnue. Ses yeux scrutent l'obscurité de la pièce et finissent par apercevoir une ombre, puis une femme, assise sur le fauteuil.

– Ebora !

– Je suis impressionnée de la vitesse à laquelle tu as senti ma présence. D'habitude pour un sorcier, cela prend beaucoup plus de temps.

– Qu'est-ce que tu fais là Ebora, ou Le Mal, ou Votre Majesté ?

– Toujours aussi glaciale à ce que je vois.

– Et toi, regarde ce que tu es devenue.

– Ma chère Zita, ne me dis pas que tu as de la pitié pour moi.

– Je ne te plains pas, toi ni personne d'autre.

– C'est vrai, c'est ce que j'apprécie chez toi. Dans tous les cas, je n'ai jamais fait beaucoup d'efforts pour cacher qui j'étais, contrairement à toi.

– Que veux-tu dire ?

– Tu es une excellente menteuse Zita, je dois le reconnaître. Mais je sais très bien que tu n'es pas une sorcière.

– Comment tu sais ça ?

– J'ai mes sources. Il m'est maintenant facile de retrouver tous les gens de ton espèce Zita. De débusquer les Éternelles et de les tuer.

La panique se peint sur le visage de la jeune femme.

– Pourquoi Ebora ? Pourquoi tu veux me faire du mal ? C'est parce que je t'ai menti ? Je suis désolée, je ne voulais pas. Mais tu ne comprends pas. Je *déteste* mon don ! Il a gâché ma vie ! Il m'a tout pris. Je n'ai pas appris à le contrôler et maintenant il me pourrit encore plus l'existence qu'avant.

— Tu n'avais qu'à apprendre, dit la reine désarçonnée par cette discussion.

— Je n'avais pas envie d'être différente. De changer à chaque fois de classe. Tu ne sais pas ce que cela fait d'être rejetée parce que tu ne corresponds pas à la norme. Parce que tu es la seule personne en France à posséder cette caractéristique. De voir tout le monde, y compris tes parents, te juger parce qu'ils ne savent pas comment réagir à la situation. Il fallait que je cache qui j'étais, tout le temps ! Mes crocs, mes écailles, mes plumes, me faisaient souffrir car je ne les acceptais pas, mais il fallait quand même que je les cache ! Je n'ai jamais demandé ça Ebora ! Je n'ai jamais voulu être comme ça ! Alors par pitié, ne me tue pas ! Tu aurais fait la même chose à ma place.

Zita pleure à chaudes larmes. Ebora ne sait pas trop ce qui lui est arrivée, or, franchement elle ne se sent pas vraiment curieuse. Cependant, certains mots dans son discours lui rappellent un peu trop ses sentiments envers ses propres parents. Malgré le fait que Zita ne soit pas mauvaise, elle lui ressemble plus qu'elle n'a jamais voulu l'admettre.

— Je suis désolée. J'ai besoin de ce don que tu détestes.

— Pitié non, pas ça !

Une douleur terrible la transperce. Elle sent ses pouvoirs et sa vie la quitter. Toutes les particularités qu'elle méprise se révèlent sur son corps. Elle tombe inerte sur le sol, ses yeux oranges sont grands ouverts. La reine n'éprouve aucun regret. Néanmoins, une petite boule se forme dans sa gorge, comme une plainte, et l'impression d'atteindre pour la première fois, un peu de normalité.

— Merci, dit Ebora, merci d'avoir été mon amie.

En cette soirée de février, Ebora est de bonne humeur. Le dîner était un régal et trois Éternelles avaient déjà péri. Elle ne se soucie aucunement de la mélancolie qui perce le visage de sa sœur et d'Albert. L'une parce qu'elle ne se sent pas elle-même dans cet endroit, l'autre parce qu'il culpabilise de ne rien pouvoir dire à Isabelle. Sa reine l'a déjà privé de tant de choses, d'une partie de lui-même. Qui lui dit qu'elle ne ferait pas la même chose à Isabelle ? Bien sûr, elle l'aime trop pour lui faire du mal, mais la jeune femme est trop innocente, trop gentille pour rester dans un lieu aussi hostile.

Isabelle fait un tour dans les couloirs et trouve Albert, seul et déprimé.

— Tout va bien ?
— Oui Isabelle, ne t'en fais pas.
— Tu peux tout me dire tu sais. D'habitude

c'est toi qui me consoles, à moi d'en faire de même.

— Je ne crois pas qu'on puisse me remonter le moral. Je suis un homme morose de nature.

Elle s'assoit à côté de lui.

— Tu n'es pas heureux ?

— Toi non plus.

— Oh, j'aime ma sœur, mais l'ambiance ici est glauque.

— Tu l'as remarqué toi aussi.

— Tu peux partir si tu veux. Retrouver ta famille, recommencer une vie quelque part. Tu n'es pas obligé de rester pour ma sœur. Même si je sais que tu es amoureux d'elle.

— En fait, on se ressemble un peu Isabelle. On aime tous les deux la mauvaise personne, nous sommes dans un monde qui n'est pas le notre et nous avons perdu notre famille.

— Toi aussi ta famille n'aime pas le fait que tu sois devenu Ténèbre ? Mais ils sont en sécurité, c'est le principal. Et que veux-tu dire à propos d'Ebora ?

— Personne ne te dit vraiment la vérité Isa. Je ne peux rien te dire de plus mais tu es intelligente. Tu le découvriras par toi-même.

— Albert tu me fais peur. Qu'est-ce que je devrais savoir ?

— Es-tu sûre que ta sœur te dit tout ? N'y a-t-il jamais eu une petite voix dans ta tête qui te disait de te méfier d'elle ?

- C'est ma sœur, jamais je ne me méfierais d'elle !
- Justement, c'est ça le piège. On ne doute jamais de ceux qui nous sont chers.

Quelles paroles étranges ! N'avait-il pas un peu trop bu ? Il ne semblait tellement pas dans son état normal. On aurait dit qu'il était sur le point de pleurer. Cependant, ses mots hantent l'esprit d'Isabelle. Elle veut en avoir le cœur net. Albert lui a parlé de son invention. Elle s'étonne qu'il ne l'ait pas fait avant. Isabelle va dans le laboratoire et s'agenouille face à la pierre qui sait tout. Il n'y a qu'une seule chose qu'elle a vraiment envie de savoir.

- Que font mes parents ? Comment vont-ils ?

Mince, ce n'est peut-être pas une bonne idée de poser deux questions en même temps. À sa grande surprise, rien ne se produit. Alors elle repose qu'une seule question cette fois.

- Que font mes parents ?

Toujours rien. La sorcière commence à avoir un affreux doute. Les pensées se bousculent dans sa tête, elle cherche à comprendre. Elle demande alors :

- Qu'est-ce qu'Ebora a fait de mes parents ?

Alors, elle voit la scène. Sa famille, le feu, la ferme, tout part en fumée. Il ne reste que des cendres. Isabelle met une main à sa bouche. Les larmes coulent sur ses joues. Elle aperçoit le visage triomphant de sa sœur, son rictus cruel, ses yeux remplis de haine. Elle ne peut y croire. La vision d'horreur s'efface. Désormais, il ne lui reste qu'un dernier espoir.

— Y a-t-il des survivants ?

Elle retient son souffle. Sur la surface lisse de la pierre, un seul mot est écrit, un mot dont on n'imagine pas la souffrance qu'il peut causer.

Non.

Chapitre 27
Le vrai visage d'Ebora

Ebora a l'habitude d'entrer dans la chambre de sa sœur pour voir si tout va bien. Elle est plutôt fière des appartements qu'elle a fait aménager pour elle, tous ces vêtements, ces œuvres d'art magnifiques, tout ce luxe rien que pour sa petite sœur adorée.

— Isa, tu es là ?

La pièce est sombre dans la tradition des Ténèbres, aussi la reine ne voit pas tout de suite sa cadette, tapie dans l'ombre. Le visage d'Isabelle est défait, ses yeux rougis par le chagrin. Ebora en est fort étonnée.

— Isabelle, ça va ?

— Très bien.

— Tu en es sûre ? Tu souris toujours quand je viens te voir.

— Je ne pense pas pouvoir à nouveau supporter ton visage.

Sa voix n'a jamais été aussi froide. Le Mal plonge dans la plus profonde confusion.

— Je sais ce que tu as fait. Je sais que tu as tué notre famille et mes amies.

Ebora reste interdite. Comment l'a-t-elle su ?

— Oui, tu m'a bien entendu. Je sais tout. Et je ne comprends toujours pas. Comment as-tu osé ? C'était notre *famille* !

— Et alors ? Ce ne sont que les liens du sang. Je les hais tous.

— Pourquoi ? Ils t'ont tout donné. Ils t'aimaient j'en suis sûre !

— Je les ai tués, d'accord. Je t'ai menti, je suis désolée. Mais c'était pour te protéger. Même nos parents préféraient l'idée que tu ne saches rien des Ténèbres. Ils étaient égoïstes, ils nous voulaient hors de ce monde plein d'opportunités et de libertés.

— En quoi les Ténèbres ont un rapport avec leur mort ?

— Parce que la voie que nous avons choisi Isabelle, est celle des tueurs et des tortionnaires.

— Non, je ne te crois pas.

— Ma chère et innocente sœur, tu le sais déjà au fond de toi. Tu crois à l'amour et à la bonté, mais ils ne peuvent rien t'apporter dans ce monde cruel. J'ai toujours aimé cette soif de sang qui m'anime et me pousse sans cesse à détruire tout sur mon passage. Nos parents, nos oncles, nos tantes... ils n'étaient qu'une petite part de mes victimes.

- Comment tu peux être comme ça ? Te comporter comme Le Mal !

- Isa... je suis Le Mal.

Isabelle a soudainement l'impression que l'univers s'écroule autour d'elle. Cette révélation lui fait l'effet d'une gifle. Les larmes coulent sur ses joues.

- Non... c'est impossible. Tu ne peux pas être ce monstre !

- J'ai toujours été comme ça. Certains luttent pour ne pas plonger dans les Ténèbres. J'ai lutté Isa, crois-moi, mais mes pouvoirs, mon envie de tuer étaient trop forts. Toute ma vie, j'ai voulu goûter à la souffrance du monde. Je suis celle qui a tué Cookie, notre voisine, l'enfant à naître de Laura et Gaël.

- Je refuse... Tu n'es plus ma sœur.

- Tu ne peux pas me dire cela ! Tu m'avais promis Isa, souviens-toi. Tu devais m'aimer pour toujours.

- Non ! Ne m'approche pas ! Je te hais, tu m'entends ! Je te hais de tout mon cœur ! Jamais je ne pourrai te pardonner ! *Monstre* !

- Je suis un monstre oui, mais ce n'est pas si grave. Dis-moi que tu m'aimes et tout sera oublié. Je ne t'obligerai jamais à tuer, du moment que tu restes avec moi. Accepte-moi, c'est ce que j'ai fait pour toi. Je ne comprends pas pourquoi je m'attache à quelqu'un de si gentil, pourtant c'est la vérité. Je t'aime, et tu dois rester avec moi.

— Je te le répète, je te hais !

Isabelle s'enfuit en courant. Ebora pleure à son tour, désemparée, blessée par ses paroles. Elle se ressaisit, le temps de lui hurler ces derniers mots :

— Reviens Isabelle ! Tu ne peux pas partir ! Tu n'as que moi et tu es Ténèbre ! Tu m'appartiens ! Tu es à moi ! À MOI !!!

Ebora tombe à genoux et laisse ses larmes couler. Quant à sa petite sœur, elle se retrouve de nouveau devant l'invention de Foulmio.

— Je t'en prie, dis-moi qu'il y a un moyen de devenir Lumière !

Pendant un instant, elle croit qu'aucune réponse ne va s'afficher, mais soudain, la pierre finit par s'éclairer.

— Comment ça elle est partie ?

— Les gardes l'ont vue quitter le château, répond Albert.

— Et ils n'ont *rien* fait pour l'en empêcher !

Le conseiller déglutit. Il sent que certains soldats vont perdre la vie ce soir. Sa reine est furieuse. Sa magie bouillonne en elle. Ebora ouvre les cages de ses animaux et leur crie :

— Trouvez ma sœur ! Trouvez-la et ramenez-la moi vivante ! Faites vite !

Les monstres répugnants enfermés dans les cages, les animaux maléfiques d'Ebora, sortent et disparaissent dans la nuit.

— Albert, appelle tous les gardes. Je veux qu'ils participent aux recherches eux aussi. Ils ont intérêt à se rattraper s'ils ne veulent pas souffrir !

— Vous la retrouverez votre Majesté, soyez sans crainte.

Au fond de lui, il espère vraiment qu'Isabelle va réussir à fuir cet endroit.

Une fois son serviteur parti, Ebora se calme et ressemble plus maintenant à un animal perdu et paniqué. Elle se rassure en se disant qu'Isabelle va revenir à la raison. Elle l'aimera de nouveau. Elle est partie sans un mot, ne laissant qu'un encrier magique sur une table. Qu'est-ce que ça pouvait bien vouloir dire ? Une chose est sûre, sa sœur ne pourra survivre seule dans les Enfers.

Elle court aussi vite qu'elle le peut. Ses vêtements sont en lambeaux. Ses cheveux se prennent aux branches des arbres. Elle a perdu ses chaussures en chemin. Elle a prit des vivres pour plusieurs jours. La jeune sorcière n'a pas oublié de cacher sa véritable apparence par un sort mais elle sait que cela ne sera pas suffisant pour semer tous ceux qu'Ebora aura envoyés à ses trousses. Qui sait ce qu'elle est capable de lui faire. Pour la première fois de sa vie, Isabelle a peur de sa sœur. Dans le laboratoire d'Albert, elle a emporté tout ce qui pourrait lui servir dans sa fuite. Des poudres pour tromper l'odorat des chiens, des formules pour que les arbres lui obéissent et retiennent ses poursuivants. Elle utilise chaque sort un par un lorsqu'elle se sent menacée et qu'elle sait qu'ils sont tout proches. Elle aurait pu prendre un cheval, mais il a sûrement été dressé de manière à la ramener au château si elle s'éloigne trop. Elle se rend compte que sa sœur a tout fait pour la garder enfermée. Ses larmes la brûlent autant que son corps est froid. Isabelle finit par arriver sur la plage. Elle parvient à endormir un pêcheur et à lui voler son bateau. Une fois loin du rivage, les animaux et les gardes de sa sœur abandonneront leurs recherches. Elle fait démarrer le moteur.

Isabelle ouvre les yeux. Elle a enfin accosté sur une plage. Elle a vogué sur l'océan durant des jours et ses réserves se sont pratiquement évanouies. Mais la sorcière est là, vivante et loin des Enfers. Cela n'a pas été facile, à cause d'Ebora. Elle s'est tellement attachée à elle pendant toutes ses années, la quitter est vraiment une torture. Soudain, une vibration parcourt son avant-bras droit. Elle s'est marquée avec la magie noire. Elle possède maintenant la Marque de la Mort. Elle se rappelle avoir entendu parler de cela plusieurs fois, notamment dans des histoires pour faire peur aux enfants. Les Geôliers du Mal enlèvent des enfants pour leur enlever leur jeunesse et la marque les tuent à petit feu. Pourtant, ce sortilège contient de puissantes facultés dont celle de remonter le temps, d'où le fait de rajeunir. Isabelle peut redevenir neutre, et donc, refaire un choix. Mais pour enlever la marque tout en l'utilisant à son avantage, il faut qu'elle se détache de ce qui la retient. Ce n'est pas difficile à deviner. Il ne reste que sa sœur dans sa vie. Et elle l'a trahie. Isabelle doit se sauver elle-même. La jeune femme regarde sa marque devenir dorée et se détacher peu à peu de son bras, jusqu'à se transformer et devenir un large portail magique. Isabelle le traverse. Lorsqu'elle ouvre les yeux, elle se rend compte que ses vêtements sont devenus blancs. Elle teste sa magie qui a bien changé elle aussi. Isabelle a l'impression d'être redevenue celle qu'elle était. Elle quitte la plage pour tenter de savoir dans quel pays elle se trouve. Au bout d'un moment, elle sait enfin qu'elle est en Norvège en apercevant un panneau. Elle va devoir jouer les passagers clandestins, faute d'argent et d'assez de pouvoirs pour faire un aussi long trajet. Son voyage est loin d'être terminé.

Chapitre 28
Le sauveur

Isabelle commence par trouver une carte et par la mémoriser. Cela lui permet de se téléporter jusqu'à la gare la plus proche. Elle utilise les seuls sous qu'elle possède pour prendre de la nourriture et de l'eau au distributeur. Elle réfléchit dans quels trains il lui serait plus simple de se cacher. Certains sont munis de sortilèges spéciaux pour vérifier que tous les passagers ont bien un billet. La peur au ventre, Isabelle finit par se faufiler parmi les gens. En cas de danger, elle pourrait faire quelque chose de très risqué, c'est-à-dire se téléporter sur le toit du train. Mais les chances de mourir sont assez élevées. Et le ventre pratiquement vide, ses sorts seront moins performants. Une bonne partie du trajet se déroule sans accroc pour rejoindre l'autre bout du pays, à la gare d'Oslo. Mais les contrôleurs finissent par arriver et Isabelle doit se cacher dans les toilettes. Elle se fait tout l'itinéraire dans sa tête. Prendre un bateau pour le Danemark, puis traverser l'Allemagne, la Belgique, et enfin rejoindre la France. Sur la mer, Isabelle a moins de problème à ne pas se faire remarquer. Cependant, les trains suivants se révèlent plus rigoureux dans le système de surveillance. La sorcière ne cesse de fouiller les poubelles des restaurants, or cela ne suffit pas à remplir son ventre. En allant sur le toit du train, elle manque de chuter et s'accroche tant bien que mal. Elle vomit toutes ses tripes. Elle préfère souvent continuer à pied. Elle cherche des abris dans les villes. Les passants se bouchent le nez face à sa puanteur. C'est vrai qu'elle ressemble à une clocharde. La jeune femme se sent sale. Elle fait ses besoins dans la nature, mange des restes alimentaires et elle a totalement perdu la notion du temps. La pluie la frigorifie, ainsi que le froid de l'hiver. Isabelle marche comme une âme en peine. Jamais elle n'aurait pensé que cela serait si dur. Chaque jour, le long des chemins, elle repense à tout ce qui l'a conduit jusqu'ici. Ses pensées déjà bien sombres, le deviennent encore plus lorsqu'elle arrive enfin en France. Là, elle se retrouve démunie et prend vraiment conscience de son choix et de ce qui l'attend. La vérité lui éclate à la figure. Elle n'a pas d'avenir. Pourquoi pendant des semaines, avoir voulu à tout prix rejoindre son pays natal ? Qu'est-ce que cela pourrait lui apporter ? Elle n'a plus de famille ! Elle n'a plus rien ! Isabelle sait qu'elle ne peut pas retourner en arrière et retrouver son ancienne vie. En fait, elle n'a plus aucune raison de vivre. Comment retrouver le bonheur quand on est privé de tous ceux qu'on aime ? Et même si elle y arrivait, cela serait trop dur de continuer alors que ses parents, ses amies, ne sont plus là pour partager de bons moments. Et jamais elle ne retournera vers Ebora, plutôt mourir. Cela serait trahir ses proches. Au milieu d'une clairière, Isabelle s'effondre et pleure tout son soûl. Elle est en proie au plus profond désespoir. Elle est enfin dans son pays mais sans vivres, sans argent, sans couvertures, seulement couverte de terre et de tâches. Personne ne lui tendra la main. Elle reste ainsi pendant plusieurs heures, allongée sur l'herbe. Le printemps est revenu et les fleurs commencent à fleurir, mais pour une fois, cela ne ravit pas le cœur de la sorcière. Elle finit par se relever et continue de marcher au hasard.

Le bruit du marteau résonne quand le clou s'enfonce dans le bois. Matt, jeune garçon insouciant aux cheveux noirs couverts de terre observe attentivement son ami finir son travail.

— Merci Jack, cette barrière m'a l'air solide. Les chevaux ne s'enfuiront pas avec ça.

— Je t'en prie, c'est trois fois rien.

Jack Moreau range ses outils. Il suit une formation pour devenir bûcheron. Le bois a toujours été une vocation chez lui, d'ailleurs, son père est menuisier. Il referme l'enclos et serre la main de son meilleur ami. Ils discutent tranquillement. Matt est le frère qu'il n'a jamais eu, ce dernier n'a que des sœurs et Jack est fils unique. Ils se connaissent depuis leur naissance, ou presque. La famille de son ami a acheté un grand terrain pour placer leurs chevaux. Après que Matt lui ait parlé d'un rencard avec une fille, la conversation devient un peu plus gênante lorsqu'il s'intéresse à sa vie sentimentale.

— Alors Jack, et toi les filles ?

— Ben écoute, la même chose que la dernière fois qu'on a abordé ce sujet. Je ne crois pas être allé plus loin que le premier rendez-vous.

— Franchement, je ne comprends pas. Tu fais craquer toutes les filles pourtant !

Oui, à ce qu'on dit, pense Jack.

Le jeune homme n'a pas vraiment d'opinion sur les choses aussi futiles que l'apparence. Il a un corps, beau ou moche, il s'en fiche. Mais c'est vrai qu'il a remarqué que son allure athlétique a son petit effet, ainsi que ses yeux bleus clairs et sa grande taille. La vérité, c'est qu'il n'est tout simplement pas doué avec la gente féminine. Il les vexe trop facilement sans même comprendre pourquoi ni comment c'est arrivé. Soit les filles sont trop faciles à vexer, soit il s'y prend vraiment comme un manche.

— Enfin, reprends son ami, ce n'est pas dramatique. Tu vois moi je ne pensais pas que je tomberais sur cette fille précisément à ce moment là. Et c'est pourquoi...

Jack ne l'écoute plus. Il vient d'apercevoir parmi les

arbres, la silhouette d'une femme dans une robe blanche et sale. L'apparition disparaît.

— Matt, je crois que j'ai vu fantôme.

— Quoi ? Tu divagues ?

Jack cligne des yeux pour vérifier qu'il ne rêve pas. Non, il y a bien une forme blanche un peu plus loin.

— Regarde ! Tu vois bien que je ne suis pas fou.

Il court vers la mystérieuse silhouette. En s'approchant, il remarque enfin que c'est une jeune femme qui semble tout droit sortie d'un film d'horreur. Sa robe blanche est tâchée et déchirée, ses cheveux sont en pagaille, l'inconnue est couverte de terre et transpire comme un porc.

— Mademoiselle ? Tout va bien ?

L'inconnue se retourne vers lui. Ses yeux sont rouges, sûrement à cause du chagrin. Elle est très pâle.

— Qui êtes-vous ?

Cette voix ! On dirait qu'elle revient de loin.

— Je m'appelle Jack. Vous avez besoin d'aide ?

— De l'aide. Je ne crois pas que cela vaille la peine de dépenser autant d'effort pour me venir en aide. Je devrais bientôt mourir.

— Mais pourquoi ?

— C'est compliqué et de toute façon, cela ne vous concerne pas. Mais merci quand même.

— Non attendez !

Il se précipite vers elle et lui fait face.

- Comment vous appelez-vous ?
- Isabelle.
- Et bien Isabelle, je crois décidément que vous n'avez pas les idées claires. Vous avez dû recevoir un sacré choc.
- Je suis juste seule.
- Alors une jeune fille ne devrait pas rester toute seule comme ça. Vous êtes une proie bien trop facile.
- Puisque je vous dis que ma vie n'en vaut plus la peine.
- Ne dîtes pas de sottise.

Il enlève sa veste et la met autour de ses épaules. Elle semble surprise par sa réaction.

- J'y crois pas, dit Matt ébahi devant cette apparition.
- Rentre chez toi mon pote, je m'occupe d'elle.

Jack pense que sa mère est la personne idéale pour s'occuper de cette pauvre femme. Elle est si généreuse avec tout le monde. Il emmène doucement l'inconnue jusque chez lui.

C'est sûrement un rêve. Alors qu'il y a un instant, elle se sentait seule au monde, voilà qu'on lui tend enfin la main. Et elle qui avait abandonné tout espoir ! Son sauveur doit avoir environ son âge, il est plutôt beau avec ses cheveux couleur noisette, son corps musclé et ses yeux d'azur. Elle est montée dans sa voiture sans réfléchir si c'était une bonne idée ou pas. Pas le temps d'avoir peur, elle est trop fatiguée pour cela. Ils arrivent devant une jolie petite maison.

– Maman, dépêche-toi, j'ai besoin de toi s'il te plaît !

Une femme aux cheveux blonds platine vient à leur rencontre. Elle porte une charmante robe à fleurs et un rouge à lèvre d'un rouge éclatant. Ses yeux pareils à ceux de son fils, se posent sur elle.

– Juste ciel !

Isabelle goûte à la chaleur de la pièce qui envahie son corps meurtri.

– Bonjour madame, salue-t-elle d'une toute petite voix.

– Maman, tu poseras tes questions plus tard. Je l'ai trouvée près de chez Matt. La pauvre est frigorifiée et elle tient à peine sur ses jambes.

– Très bien, ma chérie écoute-moi. Je vais te montrer comment fonctionne la douchette et tu pourras te faire couler un bon bain. Je vais te passer des vêtements à moi.

Isabelle suit la dame, sans opposer de résistance. Jack entre dans la cuisine tout raconter à son père. Sa mère vient ensuite préparer le dîner.

– Elle n'a pas voulu de mon aide. Je pense que notre amie est pudique, ce qui se comprend. J'espère juste qu'elle ne va pas glisser dans la baignoire.

Alors que le repas est presque prêt, l'inconnue réapparaît dans un pull jaune à fleurs assez vieillot et un pantalon de jogging beige. Malgré cet accoutrement peu moderne, l'inconnue est superbe sans sa crasse. Jack se dit qu'elle pourrait même rivaliser avec des elfes en beauté.

— Venez mon enfant, dit Mme Moreau, j'ai fait du rôti et de la bonne soupe chaude pour vous réchauffer. Appelez-moi Lisa. Et vous, qui êtes-vous ?

— Isabelle, désolée de m'incruster ainsi

— Mais ne dîtes pas n'importe quoi ! Cela se voit que vous aviez besoin d'aide, et vous ne nous dérangez pas.

— Merci beaucoup, je dois avouer que je meurs de faim.

— Allez, asseyez-vous.

Tout le monde se met à table et Isabelle mange de bon appétit. Cela fait du bien d'avoir de la nourriture chaude dans l'estomac. Au bout d'un long moment de silence, Lisa demande :

— Vous voulez qu'on appelle quelqu'un ?

— Ce n'est pas la peine, je n'ai plus de famille. Mais il y a bien une personne que j'aimerais voir. Le père de ma meilleure amie habite à Paris. C'est le seul à qui je pourrais me confier.

— Je comprends. Paris est un peu loin mais on peut vous prendre un billet de train. Jack vous accompagnera.

Elle jette un coup d'œil vers son sauveur. Il lui

sourit.

> – Qu'en penses-tu Victor ? demande Lisa à
> son mari.

L'homme n'a pas dit un mot pendant tout le repas. Il est grand, plutôt intimidant avec ses cheveux noirs coupés courts et ces petits yeux couleur café. En même temps, une certaine bienveillance se dégage de son visage. Il n'a pas arrêté de la regarder avec un air intrigué.

> – Je pense que c'est une excellente idée.
> – Très bien, dans ce cas ma chère, il est temps
> d'aller dormir. Je vais préparer votre lit dans
> la chambre d'amis.
> – Je ne sais pas comment vous remercier.
> – Oh je vous en prie. On ne va pas laisser une
> jeune fille aussi délicate à la merci des
> Ténèbres.

Jack remarque que le visage de leur invitée s'assombrit. Il se demande ce qu'il y a. Peut-être que sa famille a été décimée par les Ténèbres, ce genre de choses arrivent de plus en plus fréquemment. Ce qui expliquerait pourquoi elle était seule et en mauvais état.

> – Merci mille fois en tout cas, finit par dire
> Isabelle.

Elle sait qu'elle n'a rien à craindre des Ténèbres. Contrairement aux Lumières, ils ont tous vu le visage de leur reine et elle lui ressemble tellement qu'ils n'oseraient jamais lui faire du mal. Et s'ils la reconnaissent en tant que sœur du Mal, la princesse des Ténèbres, ils ne prendraient pas le risque d'offenser Ebora. Elle n'aimerait sûrement pas voir sa cadette en mille morceaux. Ou peut-être que si, comment le savoir ?

Jack ne cesse de penser à la jeune fille dans la chambre d'à côté. Il est curieux de découvrir ce qui lui est arrivé. Il doit avouer aussi qu'elle ne l'a pas laissé totalement indifférent. Jamais quelqu'un ne lui a fait une telle impression. À quoi pense-t-elle en ce moment ?

Au même instant, deux sœurs sorcières pensent l'une à l'autre. L'aînée est face à son miroir pour se souvenir des traits de sa cadette. Cette dernière regarde par la fenêtre. Elles sentent en elles un mélange de profonde tristesse et de colère. Isabelle regrette de ne pas avoir vu plus tôt le vrai visage de sa sœur, toutes les atrocités qu'elle a commises, ses mensonges... Elle aurait voulu pouvoir la changer, mais même leur lien n'est pas aussi fort pour accomplir ce miracle. Ce lien brisé est justement ce qui l'a fait encore pleurer aujourd'hui. Si seulement elle n'avait pas cherché des réponses, Ebora serait restée sa sœur. Or non, c'est horrible de dire cela, elle n'était pas heureuse là-bas et elle méritait de savoir la vérité sur sa famille. Néanmoins, la douleur de sa séparation avec Ebora est aussi vive que la perte de ses proches. Le Mal lui en veut pour d'autres raisons. Elle se sent abandonnée par celle qu'elle aime de tout son cœur, pour qui elle a tout donné. Elle rage du fait que cet être en qui elle avait confiance n'est même pas capable de l'accepter telle qu'elle est. Elle l'a trahie, a brisé leur promesse. Malgré tout le mal qu'elles se sont fait, les deux sœurs sorcières ne parviennent pas à oublier l'autre. Elles s'y efforcent pourtant, depuis des semaines.

Chapitre 29
Le récit d'Isabelle

Le voyage a été reporté, car Isabelle est tombée malade. La fièvre l'a clouée au lit pendant deux jours. Elle se sent encore plus embêtée de devoir en plus à ses protecteurs des médicaments.

- Je vous promets de vous rembourser lorsque j'aurai trouvé du travail.
- Allons arrêtez avec ça, la gronde gentiment Lisa.

Enfin, elle retrouve la santé. Mr et Mme Moreau l'accompagne à la gare en priant leur fils de prendre soin d'elle.

- Bon voyage ! dit sa mère.

Jack embrasse ses parents et s'installe en face d'Isabelle dans le train sans portes, sans fenêtres et sans toit. Pendant le trajet, il essaie de faire connaissance avec cette fille si belle et si gentille. Elle sourit mais semble encore mal à l'aise. Son long voyage a dû la traumatiser. Il apprend néanmoins qu'Isabelle a grandi dans une ferme, remplie d'amour. Elle a étudié à la Personnalitis Academy. Elle adore la nature, les animaux, l'équitation, la cuisine. À son tour, il lui raconte des choses sur lui. Il n'est pas très doué en magie, mais il est très sportif. Il adore l'odeur et le toucher du bois, il apprécie la forêt, les voyages, même s'il n'en fait pas beaucoup. Isabelle se détend de plus en plus.

— Tu te rappelles de l'adresse de ton Mr Ssss ?

— Oui, on aura que quelques minutes de marche et ce sera bon. Désolée de t'entraîner là-dedans.

— Non, pas du tout, au contraire je suis heureux que ce soit moi qui t'ai aidée.

Ils finissent par arriver devant une belle petite maison. Isabelle frappe à la porte en tremblant un peu, et un homme trapu, presque chauve, avec de petits yeux jaunes, vient leur ouvrir.

— Isabelle ?

— Bonjour Henri, ravie de vous revoir. Je dois vous parler.

— Bien sûr, oh ça fait si longtemps ! Entre. Qui est ce jeune homme qui t'accompagne ?

— Jack Moreau, enchanté monsieur.

— Moi de même, je suis Henri Ssss.

Il les emmène dans son salon. Les deux visiteurs remarquent tout de suite qu'un tas de photos représentant une jeune fille aux cheveux roux bouclés ornent la pièce.

- C'est votre fille ? demande Jack.
- Oui, c'est Cécile. Oh Isabelle, tu n'es peut-être pas au courant, elle est morte il y a presque deux ans, le jour de ton anniversaire. D'ailleurs, les enquêteurs se demandaient où tu étais passée. Ils m'ont parlé de leur hypothèse plutôt atroce comme quoi tu avais dû choisir Ténèbre et que tu avais par conséquent peut-être tué tout le monde. Je leur ai dit que c'était impossible, que tu étais la fille la plus Lumière qui soit, et j'avais raison. Pour ma part, j'ai supposé que tu avais été enlevée, ou que tu avais réussi à t'échapper et que tu avais fui.
- C'est justement de cela que je voulais vous parler.

Isabelle regarde Jack d'un air grave et le jeune homme comprend :

- Tu veux que je m'en aille ?
- Non, tu peux rester si tu veux. C'est juste que, je ne voudrais pas que tu me juges.
- Crois-moi, jamais je ne ferais ça.
- Tu vas vite changer d'avis.

Isabelle soupire et se met à raconter son histoire. Elle raconte tout ce qu'elle a vécu depuis le jour où sa sœur est devenue Ténèbre et où elle lui a promis de la rejoindre. Elle leur parle de sa vie dans les Ténèbres, comment elle se sentait différente sans comprendre pourquoi, et enfin, la raison pour laquelle elle est partie et la véritable identité de sa sœur. Mr Ssss savait qu'Ebora était Le Mal, il l'a vue à la télévision lors de sa seule apparition dans le monde des Lumières. Quant à Jack, il est stupéfait. À cette dernière révélation, Isabelle éclate en sanglots.

— Je suis désolée, c'est de ma faute si Cécile est morte !

Ce spectacle fend le cœur du jeune homme.

— Non Isabelle, tu n'y es pour rien. Tu ne savais pas.

— J'ai été aveugle, je ne vaux pas mieux qu'elle.

— Tu te trompes. Tu n'es pas ta sœur.

— Il a raison, affirme Mr Ssss.

— Vous ne m'en voulez pas ?

— Bien sûr que non mon enfant ! Ebora a trop abusé de ton innocence et de ta gentillesse. Que tu deviennes Ténèbre ou non, elle aurait tué sa famille de toute manière.

— C'est vrai, mais je sais aussi qu'elle les détestait parce que je les aimais. Ma sœur m'aime, pas de la bonne façon, mais elle est extrêmement jalouse.

— Elle ne peut plus rien tenter contre toi.

— Vous vous trompez Henri, c'est la reine des Ténèbres et ces derniers règnent sur le monde ! Elle peut me retrouver et me faire payer ma fuite.

– Elle n'ira pas jusqu'à te torturer quand même ! s'exclame Jack.

– Je n'en sais rien. Je ne peux m'empêcher de croire qu'il lui reste un soupçon d'affection pour moi.

– Le monde est grand Isabelle, raisonne Henri, je suis sûr que vous saurez lui échapper, du moins pendant un temps. Refaites votre vie, c'est une nouvelle chance qui vous est donnée.

– Je ne crois pas avoir la force de refaire ma vie.

– Isabelle, vous êtes trop jeune pour mourir.

– Mr Ssss a raison Isabelle, tu as toute la vie devant toi. Si tu as survécu jusque là, c'est pour une bonne raison. Ce n'est pas si facile de partir des Ténèbres tu sais.

– Vous avez raison tous les deux. Il faut absolument que je me trouves un travail d'abord.

– Mes parents seront ravis de t'aider, affirme Jack.

– Oh non ! J'ai déjà trop abusé de leur gentillesse !

– Qu'est-ce que tu racontes ?

– Je suis sûr que Jack va bien s'occuper de toi Isa.

– Que sais-tu faire mon enfant ?

– Heu..., répond Isabelle, je sais m'occuper des animaux, cuisiner...

– Sais-tu coudre ?

– Un peu, ma mère m'a appris à confectionner mes propres vêtements.

– C'est mon métier. Je créé et je couds dans une petite boutique locale. Tant que les gens s'habilleront, tu seras bien payée. Je vais te donner quelques conseils.

– Vous êtes sûre ?

– Oui, déjà tutoie-moi, et ensuite, j'ai vraiment besoin d'aide au magasin.

Les deux femmes se mettent au travail. Après deux heures face à la machine à coudre, Lisa déclare qu'Isabelle fera une excellente couturière. Isabelle avait peur de la réaction de ses hôtes quand elle leur apprendrait la vérité, mais les Moreau l'ont accueillie encore d'avantage. Au fil des jours, Isabelle s'adapte à sa nouvelle vie. Elle se plaît ici avec Mr Moreau, ironique, sympathique et discret, sa femme drôle, bienveillante et un peu déjantée, et Jack, qui a son âge et à qui elle peut se confier facilement. Cependant, et bien qu'avec l'argent qu'elle gagne elle peut payer ses hôtes ; elle ne se sent pas chez elle. Sa vie d'avant, sa vie à la ferme lui manque terriblement. Même si elle retrouve le sourire, la nuit, elle pense parfois encore à son envie de mourir. Ce serait tellement plus facile que de tout reconstruire. Que pouvait-elle espérer de l'avenir ? Comment pourrait-elle avoir sa propre maison avec un mari et des enfants ? Tout cela lui semble difficile, voire impossible à obtenir. Un soir, pour se réconforter, elle se met à chanter la chanson de son enfance et les larmes lui viennent.

- C'est joli cette chanson, dit Jack qui l'a entendue.
- Oui, ça me rappelle la maison. Ce chant appartient à ma famille depuis des années.
- Je sais que c'est dur pour toi. Mais ne t'inquiète pas. Je suis là.

Chapitre 30
Amour et jalousie

Isabelle montre à Jack les seules photos qu'elle a pu emmener avec elle. Pour le jeune homme, c'est l'occasion d'apprendre à la connaître. Les deux sorciers se lient d'amitié et plus les jours passent, plus ils s'entendent à merveille. Ils s'entraînent avec leurs pouvoirs dans le jardin. Ils adorent être dehors. Les repas sont très conviviaux avec les Moreau. Les parents de Jack ne cessent de taquiner leur fils.

    — Vous vous rendez compte Isa, que vous êtes la première fille que Jack invite à la maison ! s'écrie Lisa. Quand je pense que son père et moi on commençait à désespérer !

    — Maman !

    — Quoi ?

Isabelle pouffe tandis que son ami rougit jusqu'aux oreilles. Victor a lui aussi un humour très particulier. En cela, Jack est très différent de ses parents, plus réservé, plus sérieux. Mais Isabelle ne peut s'empêcher de le trouver touchant. Ses petites maladresses, son doux sourire, toutes ses attentions lui procurent un sentiment étrange. Il est si facile de discuter avec lui. Victor et Lisa Moreau sont bien les seuls à comprendre qu'il y a quelque chose entre ces deux jeunes gens.

Jack trouve que ses parents en font beaucoup trop. Depuis qu'il est tout petit, il a l'habitude qu'ils le mettent dans l'embarras. Et quand ils ne plaisantent pas devant Isabelle, ils viennent lui demander discrètement comment ça se passe avec elle. Il est presque obligé de les chasser à coups de pied. Si tout était si facile. Mais Isabelle ne ressemble à aucune fille qu'il connaît. Elle paraît si inaccessible. C'est sûr, elle est trop bien pour lui. Elle a dit qu'elle ne retrouverait jamais le bonheur, le pense-t-elle toujours ? Pourrait-il la rendre heureuse ? Cela ne fait que trois mois qu'ils se connaissent, pourtant il sent une passion brûlante monter en lui. Avec elle, il est capable de tout. Même son ami Matt admet qu'il a changé. Il est moins dans son coin, plus ouvert, mais en même temps plus hésitant. Il ne sait pas comment lui avouer ses sentiments.
Un soir, le téléphone sonne à la maison.
  – Laissez, c'est sûrement mon médecin, dit son père. Il doit me communiquer les résultats

de mes analyses.

Victor ne dort pas bien ces derniers temps. Il a les yeux rouges et du mal à contrôler sa magie. Jack espère juste qu'il n'y a rien de grave.

> — Bon les jeunes, dehors, ordonne Lisa. Victor doit passer son coup de fil. Profitez de cette chaude nuit d'été !

Jack jette un regard noir à sa mère. De toute évidence, cet élan d'enthousiasme signifie : « Profitez de ce moment à deux ».

Elle n'a pourtant pas tort. La nuit est belle. Sauf que les deux jeunes gens ne savent pas quoi se raconter. Jack sent sa gorge se nouer. Il aimerait lui avouer là maintenant, ce qu'il ressent. Lui dire à quel point il se sent bien avec elle. Ils sont très différents et en même temps, il pense sans cesse à elle. Il la contemple et la trouve très belle. Ce qu'il ne sait pas, c'est qu'Isabelle pense aussi à lui au même moment. Elle est un peu plus perplexe. Sa sœur lui a toujours dit que l'amour était une faiblesse, un leurre, n'était-ce pas encore un de ses mensonges ? Elle se retrouve totalement perdue. Après tout, elle n'a jamais été amoureuse avant. Comment savoir quoi faire ? Elle a l'impression de nager en plein rêve et elle ne veut plus se réveiller. L'image de Jack la hante jour et nuit. Ce silence est pesant, gênant et pourtant si agréable. Les deux jeunes timides profitent en effet de la présence de l'autre et la douce atmosphère qui imprègne le jardin. Un moment, Jack fait fleurir une belle fleur rouge grâce à sa magie. Isabelle s'en approche pour humer son parfum.

— Elle est magnifique, avoue-t-elle.

— Comme toi, dit le sorcier.

— Le rouge éclatant sied mieux à Ebora.

Le visage de Jack s'assombrit.

— Est-ce qu'elle te manque ?

— Tout le temps, ce qui est stupide c'est vrai, après tout ce qu'elle a fait ! C'est la grande sœur qui jouait avec moi qui me manque.

— Tu m'as avoué une fois que le goût de la vie t'avait quitté. Est-ce que c'est toujours le cas à cause d'elle ?

— Non, je me sens bien. Pourquoi, tu as peur ?

— Peut-être, peur que tu ne sois plus là quand je me réveille le matin.

Ils sont proches l'un de l'autre, à se regarder droit dans les yeux. Jack déglutit, mal à l'aise.

— Tu sais...

— Je pense que tout ce que j'ai vécu est une force qui m'aide à avancer. Avant que je ne te rencontre, je n'avais plus rien, j'étais seule et je ne voyais pas comment réaliser mes rêves, comment fonder une famille. Maintenant que tu es là, c'est différent. Je sens qu'il y a un avenir pour moi.

— Pour nous, tu veux dire ?

Elle lui sourit tendrement.

— Pour nous, oui.

Il lui prend alors le visage à deux mains et l'embrasse. Elle le serre contre elle en lui rendant son baiser. Cet instant hors du temps et du monde semble durer une éternité. Les étoiles éclairent cette scène touchante entre deux êtres qui se sont enfin trouvés. Ils n'ont qu'un vœu ce soir, rester ensemble envers et contre tout.

Dans les Enfers, Albert est épuisé. Il termine son travail sur son bureau et s'enfonce dans son siège en poussant un profond soupir. La pierre qui sait tout est toujours allumée pour capter l'existence des Éternelles.

- La reine a terminé de torturer des gens. Elle a l'air heureuse. Qu'est-ce qui pourrait ne pas la rendre heureuse après une torture ?

La pierre répond à la question bien qu'il n'ait pas demandé de réponse. Albert voit Isabelle dans un jardin, aux côtés d'un bel inconnu. Il savait qu'elle était vivante, il avait vérifié sur son invention. Il avait averti Ebora mais cette dernière ne voulait rien entendre. Pour elle, sa sœur était morte tant qu'elle ne revenait pas s'excuser au château. Néanmoins, Albert connaît suffisamment sa reine pour savoir qu'elle s'inquiète quand même pour Isabelle. Le conseiller est ému de voir cette belle jeune femme reprendre vie dans une relation qui semble beaucoup plus saine que celle qu'il entretient avec Ebora. Cette dernière tente de le séduire parfois et l'instant suivant, elle le torture.

Albert aimerait tellement que sa reine l'aime de la même manière que ce couple sur la pierre.

— Majesté !

— Que se passe-t-il Foulmio ?

— Venez voir.

Ebora soupire, mais elle n'est pas trop débordée aujourd'hui et est plutôt de bonne humeur. Cela change à l'instant même où elle aperçoit sa sœur collée à un homme grand et fort. Le Mal réprime un haut-le-cœur.

— Majesté ?

— Mets ça hors de ma vue ! rugit-elle.

— Je pensais que cela vous ferait du bien de voir votre sœur.

— Tu pensais, tu pensais... Mais arrête de penser, crétin !

Ebora sort de la pièce avec une rapidité fulgurante. Albert a bien peur de lui avoir donné envie de tuer quelqu'un. Au moins, elle n'a pas passé ses nerfs sur lui. Du moins pas encore.

Ils restent quelques instants à se serrer dans leurs bras, avant de rentrer. Ils se sourient, ils se sentent bien. Lorsqu'ils entrent dans la maison, ils trouvent Lisa très agitée.

— Maman, tout va bien ?

— Non Jack, mais surtout, tu ne dois pas te mettre dans tous tes états. Ça ne plairait pas à ton père.

– Pourquoi, qu'est-ce qui se passe ?

– Ton père a une macémie.

Chapitre 31
Maladie

La magie d'un sorcier coule dans son sang. Lorsqu'il est atteint d'une leucémie, cela affecte également ses pouvoirs et contribue à affaiblir énormément le corps. La macémie, mélange entre magie et leucémie, est mortelle. Ce cancer touche beaucoup de sorciers. Il y a des antécédents dans la famille, ce n'est donc pas totalement une surprise pour Victor, mais il espérait tout de même ne pas l'avoir aussi jeune. La maladie se passe en plusieurs étapes. Les trois premiers mois, les pouvoirs ne fonctionnent plus correctement, le malade a des migraines, des douleurs, des difficultés à dormir, manger et respirer. Puis dans un deuxième temps, il y a la perte de poids, de cheveux, les évanouissements, les vertiges, les vomissements et on ne parvient plus à bouger. En six mois environ, on rend l'âme. Les médicaments ne font qu'atténuer la douleur. Jack est sous le choc. Il reste enfermé dans sa chambre et n'accepte que la visite d'Isabelle.

– Ton père est quelqu'un d'extraordinaire. Je suis désolée que cela lui arrive.

– Mes parents sont tout pour moi. Ils m'ont élevé et aimé, cela ne peut pas finir comme ça.

– Tu ne peux pas te renfermer sur toi-même Jack ! Ton père a besoin de ton soutien, maintenant plus que jamais. Tu dois profiter de tous les instants avec lui.

– Je ne peux pas, cela ferait encore plus mal.

– Au moins tu ne regretteras rien.

Il appuie sa tête contre sa belle. Isabelle lui caresse les cheveux et le laisse pleurer. Pour elle aussi, les larmes commencent à couler sur ses joues. Elle dit :

– Je serais toujours là pour vous trois.

Pendant plusieurs mois, l'attention de toute la maison se tourne vers Victor Moreau. Durant les repas, il prend le plus souvent une soupe. La viande même hachée, est difficile à avaler. Quand il arrive enfin à s'endormir, il pousse d'horribles ronflements. Lisa décide donc de dormir sur le canapé. Elle ne sourit plus, cette femme d'ordinaire si joyeuse n'est plus que l'ombre d'elle-même. Mais elle est forte, elle tient le coup. Son fils et Isabelle sont d'une grande aide au quotidien. Au fil des jours, l'état de Victor s'aggrave. Lorsqu'il s'exprime, c'est comme si sa langue collait à son palais. Il devient si faible qu'il ne peut plus sortir de son lit. Sachant que bientôt elle se retrouverait toute seule, Lisa achète un petit appartement. Jack et Isabelle prennent aussi un logement pour eux, seulement ils ne veulent pas déménager tant que le malade est encore là et qu'il a besoin de soins. Après de longues journées de travail et avoir veillé sur Victor, les deux amoureux regardent un film ou se préparent un bon dîner.

Un soir, Isabelle trouve son compagnon terriblement abattu, plus que d'habitude en tout cas. Elle vient le rejoindre sur le canapé.

- Qu'est-ce qu'il y a ? Tu veux en parler ?
- On ne peut pas continuer comme ça. Pourquoi tu restes avec moi Isa ?
- Quoi ? Qu'est-ce que tu entends par là ?
- Ce n'est pas la vie que je voulais pour toi. Ce n'est pas comme cela que j'imaginais notre début de relation. Je ne comprends pas pourquoi tu continues de rester en sachant que tu pourrais partir loin de cette horreur. Tu pourrais trouver un autre homme, qui n'est pas sur le point de perdre son père lui, et tu serais heureuse. Te voir ainsi tous les jours, ça me brise le cœur. Je me hais de te voir gâcher ta vie.

Isabelle est abasourdie tandis qu'il fond en larmes.

- Ne raconte pas n'importe quoi ! Tu ne comprends rien ! J'ai enfin l'impression d'avoir une famille. Je sais que ce qui arrive est horrible et oui, j'aimerais avoir plus de temps pour nous. Mais c'est parce qu'on a moins de temps à passer avec Victor que je profite à fond et que j'ai l'impression que tous les moments passés ensemble tous les quatre semblent plus intenses ! Je n'échangerais ma place avec personne. Je t'aime Jack et je ne veux pas d'une autre vie.

— Tu le penses vraiment ?

— Bien sûr.

Elle l'embrasse tendrement.

Le 29 décembre 1997, la neige tombe sur la ville. Victor Moreau est mourant sur son lit. Ses yeux sont vitreux, son teint verdâtre et il n'a presque plus de cheveux. Il sue à grosses gouttes quand son fils entre dans sa chambre. Le jeune homme s'approche tout doucement pour s'asseoir à côté de lui. Les paroles du malade ne sont que des râles d'agonie.

— Jack... je suis si heureux de t'avoir près de moi.

— Papa, dit le fils qui se met à pleurer.

— Sois fort Jack, j'ai fait mon temps puisque tu es devenu un homme aujourd'hui. Je veux que tous mes biens te reviennent. Ne fais pas de bêtise fiston, je te verrais n'importe où, je ne serais jamais loin.

— Je voulais te remercier. C'est grâce à toi que

je me sens fort aujourd'hui. Tu es le seul père que j'aurais voulu avoir.

— Tes paroles me touchent. C'est en te voyant que je me rends compte que ma vie n'a pas été gâchée au contraire.

Il se met à tousser et Jack remonte sa couverture. Victor souffle bruyamment, puis continue :

— Quant à Isabelle, c'est une femme en or, j'espère que tu en es conscient. Elle a tout perdu mais elle a eu le courage d'avancer. Alors tu n'as pas d'excuse pour ne pas faire pareil.

— J'ai compris.

— Prends soin d'elle surtout.

— Je te le promets.

Le malade sourit.

— Tu veux que je te dise un secret ? Ta mère avec son don de voyance, a prédit que vous finiriez ensemble tous les deux. Vos destins sont liés, je le sais.

Ce furent les dernières paroles de Victor Moreau adressées à son fils.

Chapitre 32
Mariage

En cette fin du mois de mai, les fleurs dégagent mille parfums. Dans sa chambre, Isabelle rectifie son chignon. Quelques boucles encadrent joliment son visage délicatement poudré et frais comme une rose de printemps. Lisa trépigne d'excitation et vérifie le bouquet et la tenue pour la centième fois.

— Désolée, je suis tellement émue, dit-elle en sortant un mouchoir.

— Lisa, c'est moi qui me marie, c'est moi qui devrais pleurer.

— Oui, mais rien qu'en te voyant j'en ai la larme à l'œil. Oh et mon fils, il grandit si vite !

Lisa serre Isabelle dans ses bras puis réarrange la robe, pensant qu'elle l'a froissée. La jeune sorcière regarde son reflet dans le miroir. Jamais elle ne s'est sentie aussi belle de toute sa vie. Sa robe surtout est splendide, de la dentelle entoure sa taille, ses manches sont amples et elle est évasée en bas. Isabelle se sent si légère. Sa future belle-mère lui met son voile sur la tête. Les deux femmes se mettent alors en route jusqu'à la mairie. Lorsque la voiture arrive, Henri Ssss les attend et tend la main à la jeune mariée. Il avait accepté de l'accompagner jusqu'à l'autel.

— Allez, bonne chance ma chérie, se réjouit Lisa. Je vais voir comment s'en sort mon fils.

Et elle court aussi vite que possible avec ses hauts talons. Isabelle s'accroche au bras du père de sa meilleure amie.

— Alors c'est le grand jour.

— Oui, merci d'être là, vous êtes la seule personne qui me rattache encore à mon ancienne vie.

— Il ne faut plus vivre dans le passé Isa.

— Non, mais il est bon de s'en rappeler quelque fois et de voir tout le chemin qu'on a parcouru. Apprendre de ses erreurs et se dire que tu n'es pas seule, qu'au contraire tout le monde est là.

— Tes parents seraient fiers de toi. Je savais que tu finirais par être heureuse.

La jeune femme a du mal à croire que tout cela arrive. C'est une autre étape de sa vie qui s'écrit. Sa famille était morte, elle allait en fonder une nouvelle. Ils entrent dans la salle. Jack souhaitait quelque chose de simple, et il est vrai qu'il y a peu de décoration. Il n'y a pas beaucoup d'invités non plus, et Isabelle se plaît à imaginer ses amies, son père, sa mère... Elle reconnaît Matt et quelques copains de Jack qu'elle a déjà rencontrés. Les autres sont des cousins, des oncles, des tantes de son futur époux. Puis son regard se pose sur Jack, si magnifique dans son costume noir. La cérémonie se déroule parfaitement. Elle sent ses jambes trembler et a peur qu'à un moment elle ne finisse par basculer ou par rire bêtement. Elle a surtout l'impression d'avoir un sourire béat sur les lèvres. Quand ils s'embrassent, la pression retombe et elle se dit que oui, c'est le plus beau jour de sa vie. Elle est à présent Isabelle Moreau. La fête continue dehors avec un petit buffet. Le soleil brille, on mange de bon cœur, la musique est douce et on discute joyeusement. Les jeunes mariés dansent une valse. Un moment, Jack murmure à l'oreille de sa femme :

- Tu penses que tes parents m'auraient apprécié ?
- Ils t'auraient adoré.

Les invités se mettent à chanter, notamment Lisa qui s'amuse comme une petite folle. Elle ne se calme que lorsqu'elle se met à danser et à discuter avec son fils.

- Jack, tu es mon unique enfant. La seule chose que je n'ai jamais autant désiré. J'ai eu du mal à tomber enceinte et tu es arrivé malgré tout. Tu as toujours été notre fierté à ton père et à moi. J'aurais tellement aimé qu'il soit là.

— Mais il l'est, et il me dit que tu devrais arrêter de pleurer comme une madeleine.

— Oui, c'est bien le genre de ton père.

Isabelle et Henri Ssss les rejoignent. Lisa sèche ses larmes et arbore de nouveau son grand sourire.

— Bon, j'ai préparé les albums photos de Jack étant petit. On va pouvoir les regarder.

— Maman, ce n'est pas le moment ! s'exaspère le jeune marié.

Mais personne n'arrête Lisa Moreau lorsqu'elle a décidé de quelque chose.

Dans les Enfers, Albert prend parfois des nouvelles d'Isabelle grâce à son invention. Il le fait en cachette, car cela énerve sa reine qui ne comprend toujours pas la décision de sa sœur d'avoir rejoint les Lumières et de rester avec cet homme.

— Préviens-moi plutôt le jour où elle l'aura laissé tomber ! lui a-t-elle dit.

Le conseiller sait qu'Ebora garde l'espoir de retrouver Isabelle et de la ramener à la maison. Quand Albert voit sur la pierre Isabelle dans une robe blanche, embrassant ce jeune sorcier, il sent que les rêves de sa Majesté étaient bien trop utopiques. Elle n'allait pas aimer. Malheureusement, c'est le moment que choisit Ebora pour débarquer dans la pièce.

— Foulmio, que fais-tu ? Encore en train de

traînasser ma parole !

— Non, je faisais...

— Qu'est-ce que tu caches ? Montre-moi.

Albert s'écarte et Le Mal aperçoit sa sœur dans les bras de son mari. Voilà un mot qui sonne comme une torture à ses oreilles. Elle sent la rage bouillonner en elle.

Comment a-t-elle pu ? Comment a-t-elle pu !

Ebora se retourne et de sa main, jaillit un rayon de magie qui casse l'armoire de son serviteur. Elle sort en proie à une haine profonde. Dans les couloirs, elle bouscule servantes et valets, mais elle continue d'avancer. Elle se retrouve seule dans la salle du trône et claque violemment la porte avec un sortilège. Les miroirs et autres objets fragiles se brisent sous le choc. Les yeux de la sorcière semblent sur le point de lancer des éclairs. La reine se met alors à se tirer les cheveux et à hurler :

— IDIOTE ! Petite sotte ! Alors voilà, tu m'abandonnes pour ce vaurien, ce minable ! Tu veux un petit mari à *ma* place ! Je t'ai ouvert mon cœur et tout cela pour quoi ? Pour une ingrate ! Je ne peux tolérer une telle humiliation ! Si je te revois sœurette, et puis non, tu ne mérites même pas ce nom. Si je te retrouve sur mon chemin garce, traîtresse, je te le jure, je te tuerais, te détruirais !

Elle pousse un cri atroce et sa magie submerge la grande pièce. Les murs se craquellent, les rideaux brûlent, le trône tombe en poussière, le sol tremble et créé des crevasses, les tableaux se déchirent... Une bonne partie du château explose sous la rage dévastatrice de la reine. Les serviteurs doivent fuir pour ne pas être brûlés. Pendant ce temps, Ebora tombe à genoux et pleure tout son soûl. Jamais elle ne s'est sentie aussi mal de toute sa vie, une partie de son âme semble lui avoir été arrachée. La douleur est telle qu'elle suffoque. Mais elle se jure qu'Isabelle paiera pour ce qu'elle lui a fait, ou alors elle oublierait à jamais son existence.

Albert et les autres habitants du château reviennent au bout de deux heures pour être sûrs que leur reine s'est calmée. Le conseiller entre en premier dans la salle du trône. Ebora s'est relevée et son visage est de marbre. Personne n'aurait pensé qu'elle avait pleuré il y a encore quelques minutes. Les serviteurs poussent un soupir de soulagement en voyant qu'elle leur donne simplement des ordres au lieu de les égorger. Seul Foulmio reste terrorisé en son fort intérieur. En voyant ce masque de haine, il devine ce que personne n'a encore vu. Ebora a perdu la seule part d'humanité qu'il y avait en elle.

Chapitre 33
L'espoir

Après leur voyage de noces, les jeunes mariés passent des jours tranquilles dans leur appartement. Ils rendent souvent visite à Lisa qui supporte mal la solitude. Jack et Isabelle travaillent dur pour s'offrir une vie agréable. Ils apprennent à se connaître chaque jour et chaque instant semble plus beau que le précédent. Deux mois après son mariage, Isabelle découvre qu'elle est enceinte. Son mari est fou de joie. Il a des projets plein la tête et commence à économiser pour offrir un avenir radieux à ce futur bébé. Sa mère aussi est surexcitée, peut-être même plus qu'eux. Elle ne cesse de poser des questions.

- Vous voulez que ce soit une fille ou un garçon ?
- Vous avez des idées de prénom ?
- Vous connaissez la date prévue pour

l'accouchement ?

- Isa, vous ne buvez plus j'espère ?
- Il aura les yeux de quelle couleur à votre avis ?
- Il sera parfait, non ?
- Lisa, intervient un jour Isabelle, puisque vous voyez l'avenir, vous n'avez qu'à vérifier par vous-même.
- La voyance est un art très compliqué. Je ne contrôle pas mes visions.
- Alors soyez patiente.

Lisa fait la moue ce qui fait rire sa belle-fille.

La reine des Ténèbres s'est finalement calmée. Elle a repris ses vieilles habitudes morbides. Albert ne sait pas s'il est soulagé. Si Ebora continuait dans sa folie et sa jalousie, il aurait fini par mourir de faim avec les autres habitants des Enfers, mais en même temps, elle le fait beaucoup plus souffrir aujourd'hui. Les moments où il est loin d'elle sont lorsqu'elle l'envoie en mission. Grâce à son don de caméléon, Foulmio peut cacher la véritable nature de ses pouvoirs et se faire passer pour un Lumière. Il peut ainsi infiltrer de nombreux établissements importants, seuls quelques uns ont un système de sécurité bien trop puissant. Albert joue alors l'espion pour sa reine. Quand elle l'appelle, sa voix est toujours dure comme le roc. Ebora s'est remise aussi à la chasse aux Éternelles. Elle vient de tuer le quatrième, qui vivait au Canada. Même s'il adore pouvoir respirer un peu loin de l'influence pernicieuse de sa reine, il déplore que quand il la revoit, il la trouve plus belle encore. Pour lui, elle est un être surnaturel. Lorsqu'elle l'a surpris en train de regarder comment s'en sortait Isabelle, elle a failli le pulvériser. Albert venait d'apprendre qu'Isabelle était enceinte. Mais Ebora s'en fiche royalement. Il lui a donc promis de ne plus jamais prendre des nouvelles de la sœur cadette. Il sait que Le Mal ne veut plus en entendre parler. Il se raccroche à cette lueur d'espoir, celle de savoir qu'il a au moins permis le bonheur d'une seule personne sur cette terre. Il est loin de se douter qu'il va aussi causer son malheur.

Lorsqu'un homme est atteint de la macémie, il y a une chance sur deux pour qu'un de ses proches l'attrape dans les dix années à venir. Lisa n'est donc pas surprise le jour où elle apprend qu'elle a le cancer. Cependant, elle refuse que l'attention soit tournée vers elle et non vers le futur bébé. Malgré les réticences de Jack, elle engage donc un infirmier à domicile pour s'occuper d'elle.

— Comme ça je ne vous aurais pas dans les pattes, feint-elle de se plaindre.

Jack bougonne, mais il sait qu'au fond sa mère a raison. S'il vient trop souvent la voir, il ne sera que plus partagé entre deux sentiments contraires : la joie d'être bientôt père et la tristesse de perdre la femme qui l'a mis au monde. Toutefois, il souhaite vérifier que l'infirmier sait bien si prendre, alors un jour, il vient le rencontrer. L'homme a une forte carrure et un visage souriant, ce qui rassure tout de suite Jack.

- Ne faîtes pas attention à mon fils, dit Lisa à l'adresse de l'individu. Il s'inquiète toujours pour un rien.
- Je ne dirais pas non plus que ce n'est rien.
- C'est une façon de parler. Jack devrait plutôt s'occuper de sa femme. Je trouve qu'elle a les yeux cernés en ce moment, non ?

Content de voir que sa mère est encore en pleine forme, Jack discute quelques instants avec l'infirmier. Il se rend compte qu'il a les yeux oranges, comme tous les dragons.

- Désolé si ma mère vous fait vivre un enfer. Je sais qu'elle est très pipelette.
- Oh non, ça ne me dérange pas, j'aime bien discuter. Alors votre femme est enceinte ?
- Oui, j'avoue que c'est mouvementé en ce moment.
- Ne vous inquiétez surtout pas M. Moreau, votre mère est entre de bonnes mains. Je vous donnerai régulièrement des nouvelles si vous voulez.
- Avec plaisir, c'est quoi votre nom en fait ?
- Ankel.
- C'est original.
- C'est un nom qu'utilisent surtout les

dragons.

— Je vois, en tout cas merci pour tout Ankel.

Jack se dit qu'il doit rester fort. Bientôt il sera orphelin comme Isabelle. Mais il est adulte, il se débrouillera.

Dans la salle d'échographie, le couple discute des prénoms de leur futur enfant pendant que le docteur se prépare. Isabelle hésite à appeler sa fille Cécile, comme son amie. Elle pense que cela ferait certainement plaisir à Henri.

— D'ailleurs, cela fait longtemps qu'on ne l'a pas vu, remarque son époux.

— C'est vrai, depuis le mariage. Quand l'enfant naîtra il sera occupé à la Personnalitis Academy mais pendant le mois d'août on pourrait s'arranger pour lui présenter notre bébé.

— C'est une super idée. Mais tu ne m'as pas dit, si c'était un garçon, on l'appellera comment ?

— Je suis à peu près sûre que ce sera une fille.

— Tu n'en sais rien.

— Je ne sais pas, peut-être Victor, la vérité c'est que j'hésite beaucoup trop.

C'est le moment de passer l'échographie alors le silence règne dans la petite salle. Le médecin sourit et montre l'écran.

— Regardez, vous voyez ? Vous avez des jumeaux.

À cette nouvelle, le couple lâche une exclamation de surprise et de joie.

— Deux bébés, dit Isabelle émue, deux enfants qui s'aimeront toute leur vie.

— J'espère Isa, j'espère.

— Vous voulez savoir le sexe ? demande le docteur.

Ils hochent la tête en chœur. Ils attendent quelques secondes avant que l'homme ne dise :

— Alors ici, nous avons un garçon et celui-là.... c'est une fille.

Isabelle sent une chaleur inconnue parcourir son être. Elle sourit, au comble du bonheur. Ces bébés sont l'espoir qu'elle attendait depuis si longtemps.

Un jour, Jack reçoit un appel de Ankel, lui disant que sa mère est terriblement souffrante et qu'elle n'en a plus que pour quelques heures. Le couple se déplace alors jusqu'à l'appartement de Lisa. Sur le lit, elle ressemble exactement à son mari il y a plus d'un an. Lorsqu'elle les aperçoit, son visage creusé s'éclaire.

— Je voulais absolument vous parler une dernière fois.

— Maman, je...

— Non mon fils, ne pleure pas mon départ. Sois heureux avec Isabelle et les enfants. J'ai déjà laissé beaucoup de cadeaux pour eux. Je t'ai confié tout ce que je pouvais t'offrir. Maintenant c'est à ton tour d'être généreux envers ta famille Jack.

Elle tousse brusquement. Son fils accourt avec un verre d'eau et il l'aide tant bien que mal, car elle ne parvient plus à avaler quoi que ce soit.

— A... approche Isa.

La jeune sorcière obéit et la malade pose ses mains sur son ventre rond. Tout à coup, les yeux de Lisa deviennent blancs et s'agrandissent.

— Je vois un garçon et une fille. Ils ne le savent pas encore, mais ils sont exceptionnels. Leur don est précieux. Ils pourraient bien être notre dernier espoir.

Son expression redevient normale. Le couple sourit face à ces belles paroles même s'il ne comprenne pas vraiment toutes ces significations. Le ton de Lisa se fait plus sérieux.

— Je sais que vous serez de bons parents. Mais n'oubliez jamais, un enfant ne peut pas supporter les difficultés de la vie dans un monde où règnent les Ténèbres. Il y a une chose qu'il est important de transmettre à ces petits.

— Quoi donc ? demande Isabelle.

— Donnez-leur de l'espoir. C'est la plus grande richesse.

— Merci Lisa.

Ils embrassent la malade. Quinze heures plus tard, Lisa Moreau meurt, un mince sourire éclairant son visage.

Chapitre 34
Les jumeaux

Isabelle vomit dans les toilettes. Elle a l'impression de cracher ses boyaux. La nuit est tombée et seul un mince rayon du clair de lune vient éclairer la salle de bain. La sorcière relève la tête et remarque que du sang se mêle à la salive. Inquiète, elle cherche un mouchoir pour s'essuyer. Elle ne se sent pas bien du tout. Que se passe-t-il ? Isabelle se met debout tant bien que mal et traîne lentement vers le salon. Peut-être pourrait-elle aller prendre un verre d'eau ? De grosses gouttes de sueur perlent sur son visage. Ses lèvres tremblent et son teint est pâle. Elle ouvre la porte de la pièce. Il y a un bazar monumental. L'odeur est écœurante et lui donne un haut-le-cœur. Elle met sa main à sa bouche pour s'empêcher de tout régurgiter encore. Ses yeux se posent sur un coin de la pièce, une forme cachée derrière le canapé. C'est là qu'elle aperçoit deux petits corps, gisants dans une mare de sang. Quand elle se rend compte qu'il s'agit de ses bébés, Isabelle tâte son ventre, mais il est totalement plat. La jeune femme panique et des gémissement commencent à sortir de sa bouche. Elle se met à genoux, prête à crier or elle n'y arrive pas. Isabelle pleure toutes les larmes de son corps, recroquevillée sur elle-même. L'odeur du sang est si âcre et la vision de ces deux corps froids la terrorise. Une petite fille apparaît alors et s'approche doucement. Elle doit avoir environ dix ans, ses cheveux ont une teinte noisette et ses yeux verts sont assombris par l'obscurité de la pièce. Isabelle tente de lui parler, en vain. C'est comme si sa voix était bloquée.

– Épargne ta salive, dit l'apparition d'une voix dure et étrangement adulte. Si je suis là, ce n'est pas par hasard.

La sorcière la fixe, sans comprendre.

– Je devine les questions que tu te poses, alors je vais te répondre. Cette vision que tu as devant toi, c'est une image du futur.

Isabelle sent son cœur se déchirer.

– Enfin, un des futurs possibles, puisque me voilà. Sais-tu quel est le problème ?

La jeune femme fait non de la tête.

– Tu penses avoir échappé à ta sœur pour toujours, n'est-ce pas ? Tu fais une grave erreur. Ebora te retrouvera. Tu tentes à chaque fois de fuir, tu te caches, mais elle te rattrape et tes enfants meurent. Tu réfléchis à un lieu où vous seriez en sécurité, seulement il est dangereux, voire mortel de se téléporter sans connaître sa destination.

Isabelle ne comprend décidément pas ce qui se passe.

- Il n'y a pas d'adresse que je puisse te donner. Il existe plusieurs endroits qui ne se trouvent pas à des lieux précis. Il faut juste avoir de bonnes intentions et être suffisamment désespéré. Tu n'auras qu'à penser à tes enfants, à leur sécurité et à une forêt. Promets que tu le feras.

Isabelle sent enfin sa bouche s'ouvrir et sa langue devenir moins pâteuse.

- De quoi parlez-vous à la fin ?
- Rien ne peut être révélé. Aies juste confiance en toi et en tes petits. Le reste viendra en temps voulu.
- Je ferais n'importe quoi pour les protéger.
- Parfait, alors tiens-toi prête.

Et là une douleur lancinante la transperce. Isabelle se réveille en sursaut. De très fortes contractions la plient en deux dans le lit. Elle crie si fort que Jack ouvre les yeux. Il comprend vite ce qui se passe. Il se dépêche de préparer la voiture.

Isabelle est crispée dans la salle d'accouchement. C'est comme si on lui déchirait les entrailles. Cela fait plusieurs heures qu'on lui ordonne de pousser mais les bébés ne sont toujours pas arrivés. Alors que la douleur s'amplifie de minute en minute, la sorcière est décidément épuisée. Elle n'en peut plus.

— Allez madame, encore un petit effort, vous y êtes presque, l'encourage l'infirmière.

Elle serre les dents. Soudain, des pleurs se font entendre.

— C'est le garçon, né à 11h03. Il a une solide paire de poumons.

Isabelle souffle un peu, mais le travail n'est pas terminé. Bientôt, les douleurs reprennent. Elle sent ce petit être sortir de son corps. Or contrairement au premier, il ne fait aucun bruit une fois à l'air libre. Les sages-femmes commencent à s'agiter. On voit à leurs traits plissés qu'elles sont anxieuses. Le bébé est emmené hors de la salle. La jeune mère aimerait se lever, demander ce qui se passe, mais elle est à bout de force. Son cœur fait un bond dans sa poitrine. Au bout de deux minutes, l'enfant est ramené et cette fois, les cris sont là. Isabelle soupire de soulagement.

— Tout va bien madame, rassure l'infirmière. Votre petite fille ne respirait pas, mais c'est bon. On a pu la ranimer facilement.

Alors Isabelle sourit en tendant les bras pour recevoir le nouveau-né.

Les jeunes parents observent les jumeaux. Ils les regardent avec admiration. Les nourrissons sont si minuscules, si paisibles.

- Ils sont magnifiques, dit Jack tendrement.
- Oui, mais on n'a toujours pas d'idée de prénom.
- Estimons-nous heureux, les nains choisissent au moins cinq noms pour leurs enfants et les dragons dix.
- Je pense qu'on se prend trop la tête.
- Pour notre fille, j'ai réfléchis à tous les prénoms que nous avions sélectionnés et je pense que je préfère Jessica.
- D'où tu décides à ma place ? s'insurge faussement la jeune maman.
- C'est de ta faute aussi, tu ne m'as pas laissé entrer dans la salle d'accouchement.
- Excuse-moi, c'était déjà assez difficile pour moi, pas besoin de t'avoir en plus dans les pattes.
- Sympa, je vois. Sinon pour notre petit garçon, j'ai pensé à Ankel.
- Ankel ? Comme l'infirmier ?
- Je trouve que c'est classe comme prénom !
- Si tu le dis.

Une sage-femme entre déposer un verre d'eau près d'Isabelle. Jack se retourne vers elle et lui demande :

- Dîtes, vous ne connaissez pas un dérivé de Ankel par hasard ?
- Heu... Antel je crois.

285

— Antel, c'est pas mal non ?

— Oui, admet Isabelle.

— Bon, vu que j'ai choisi les prénoms, je te laisse choisir les deuxièmes.

— Je pensais à Lisa et Victor.

— Tu es sûre ? s'étonne son mari.

— Oui. Ils m'ont sauvé, comme toi.

Huit jours plus tard, dans le royaume des Ténèbres, Albert se tue toujours à la tâche. Au moins, a-t-il installé un capteur magique sur son invention qui lui permet de savoir où se trouvent les Éternelles. Toutefois, vu qu'il y a plusieurs milliards de personnalitis sur Terre, c'est assez long d'en trouver n'en serait-ce qu'un, encore plus quand c'est automatique et non avec l'assistance de l'inventeur. Ebora entre dans la pièce. Elle lui file un dossier gigantesque en le déposant brusquement sur la table.

— Tiens, voilà de la paperasse. J'ai toujours détesté cela. Tout ce qui est administratif et logistique est ennuyeux à mourir.

— Je m'en occuperai le plus vite possible Majesté.

— Il va falloir apprendre à être plus rapide Foulmio. Cela fait des semaines que tu dois me rendre le dossier sur lequel tu travailles actuellement.

— J'ai bientôt fini votre Majesté.

– J'espère.

Le Mal s'apprête à partir lorsque son serviteur l'arrête, hésitant.

- Majesté, je voulais vous demander quelque chose, mais je doute que ma question vous plaise.

- Alors pourquoi la poser si tu tiens à ta tête ? lui répond-t-elle sèchement.

- Cela concerne Isabelle.

- Tu as pris de ses nouvelles ! rugit la reine.

- Non, je vous jure. C'est juste qu'on est en mai à présent, je me dis que peut-être l'enfant de votre sœur est né. N'êtes-vous pas curieuse de rencontrer votre neveu ou votre nièce ?

Ebora se radoucit et prend un ton moqueur.

- Ne sois pas ridicule Foulmio. Je me fiche complètement de la petite famille que cette traîtresse s'est créée. J'espère bien qu'ils finiront tous par brûler ou par s'étouffer dans leur propre sang.

- Vous pensez vraiment ce que vous dîtes ?

- Oui !

Albert baisse la tête pour lui faire comprendre qu'il ne posera plus de question indiscrète. Sa reine le fusille du regard, se demandant quelle est la meilleure manière de le punir pour sa naïveté et pour s'être mêlé de ses affaires. Soudain, un bip retentit. C'est le signal que la pierre a localisé un

Éternelle.

— Foulmio ! le fait-elle réagir, la joie transparaissant sur son visage.

— Oui ma reine, je m'en occupe. Je n'ai pas de nom, mais au moins, il semble qu'il y ait une localisation assez précise. Apparemment, il ou elle se trouve dans un immeuble un France.

— Trouve l'adresse Foulmio !

Le serviteur manipule son invention précautionneusement tout en essayant de faire vite. Le nom de la ville, la vision de l'appartement, le numéro sur la porte, tout cela lui semblent malheureusement très familier. Il s'interrompt, la mine grave.

— Bien quoi ? Pourquoi fais-tu cette tête Foulmio ? Tu connais la personne qui habite ici ?

— Ma reine...

— Oui quoi ? s'agace-t-elle.

— C'est le lieu où habite votre sœur.

— Oh !

Ebora surprise, fixe le point lumineux sur la surface lisse de la pierre. Si sa sœur avait été une Éternelle, elle l'aurait su tout de suite, de même pour cet imbécile de mari. Comment est-ce possible ? Un long silence s'installe.

— Majesté... ?

— Finalement, je serais ravie de rencontrer mon

neveu ou ma nièce, dit-elle avec un petit sourire cruel.

Elle s'empare de la pierre et tourne les talons. Paniqué, Albert crie, oubliant tout du protocole et de son rôle :

— Ebora ! Ce n'est qu'un bébé, un nouveau-né ! Il est de *ta* famille !

Avant de franchir la porte, la reine des Ténèbres se retourne, le regard vorace, le sourire éclatant et monstrueux.

— Et alors ? Ce ne sera pas la première fois que je sache. Pour aucune de ces deux raisons.

Elle se met à rire tandis qu'elle disparaît. Albert est au comble du désespoir. Et dire que tout est de sa faute.

— Ebora !!!

Chapitre 35
La traque commence

Isabelle chantonne, heureuse. Jessica est dans ses bras et Antel dans ceux de son mari. Antel gémit un peu mais sinon, ils sont adorables. Elle aimerait tellement présenter ses enfants à quelqu'un, or elle n'a personne à contacter et même les voisins ne la connaissent pas vraiment. Ils ne s'intéressent pas à la vie des autres. La jeune et fière maman voudrait avoir de nouveaux amis avec qui partager son bonheur. Soudain, le noir total s'installe brusquement dans la pièce. Pendant seulement quelques secondes, on ne voit définitivement plus rien. Quand la lumière du jour revient, la porte s'ouvre dans un courant d'air et une forme sombre s'avance dans le séjour. Isabelle écarquille les yeux d'effroi en reconnaissant Ebora.

– Tiens, bonjour traîtresse. Cela faisait longtemps, raille son aînée.

— Ebora !

Jack se raidit. Il ne pensait pas rencontrer un jour sa belle-sœur. Elle est bien plus effrayante en vrai qu'à la télévision et il voit nettement mieux la ressemblance qu'il y a entre les deux sœurs sorcières ; c'en est même terrifiant. Cependant, la haine et le regard sombre de la reine déforment son beau visage tandis que sa cadette est comme une rose au soleil. Il remarque vite que Le Mal ne croise pas son regard. Son attention est portée sur celle qui lui a brisé le cœur.

— Crois-le ou non, je ne suis pas venue pour me disputer avec toi. J'ai appris qu'il y avait eu un heureux événement.

Sur ce, elle observe les deux bébés dans les bras de leurs parents.

— Je vois que tu en as deux, félicitations. Cela fait une bien belle petite famille. Alors, lequel de ces enfants est un Éternelle ?

— Un Éternelle ? demande Jack.

— Je sais ce que c'est, se souvient Isabelle. Quand on nous a raconté que douze êtres exceptionnels pouvaient avoir les huit personnalitis en même temps et qu'en prenant leur don, on obtenait le pouvoir infini. Tout semble clair à présent. Ton but a toujours été ce pouvoir suprême. Tu crois encore que la domination du monde t'apportera quelque chose de bon.

— Peut-être pas, mais il me donnera l'ivresse de

faire souffrir énormément de monde au fil des siècles. La torture est comme une drogue, on y prend goût. Ce que je n'ai pas voulu que tu entendes à l'époque par contre, c'est que pour être sûre que leur don m'appartienne, je dois tuer chacun d'entre eux.

Elle sort une pierre polie, grosse comme un œuf d'autruche.

—   Et justement, on m'indique qu'une personne dans cette pièce est l'heureux détenteur de ce pouvoir unique.

—   Non, dit Isabelle en reculant.

Avant que le couple n'ait pu fuir, Ebora statufie leurs jambes pour qu'ils ne puissent plus bouger. Elle s'approche ensuite d'eux tandis que les *bips* de la pierre retentissent de plus en plus fort. Elle vient vers Jack et le petit garçon qui a arrêté de geindre. Le signal devient plus rapide et le point lumineux grossit.

—   Alors c'est le garçon. Bien, donnez-le moi.

—   Jamais de la vie ! s'emporte Jack.

—   Si vous ne voulez pas coopérer...

—   Non ! crie Isabelle, inquiète pour la vie de son mari et de son fils.

Ne pouvant marcher, la jeune femme peut tout de même avancer le haut de son corps. Si elle pouvait s'interposer, elle l'aurait fait, mais son mouvement n'a fait que déclencher une nouvelle vague de *bips*. Intriguée, Ebora tourne sa machine vers sa sœur.

Elle tend la pierre au-dessus du visage du nourrisson. Là encore, le signal s'affole. Tout le monde n'arrive pas à y croire, surtout Le Mal.

> — C'est impossible, la fille aussi ! Ma chère sœur, décidément tu m'épates. Tu as mis au monde des jumeaux Éternelles. Je crois bien que cela n'est jamais arrivé dans l'histoire. Quel dommage par contre que tu ne puisses garder aucun des deux en guise de consolation. Mais bon, vous ferez d'autres enfants.

Elle fixe alors pour la première fois Jack. Ce dernier ressent toute la haine qu'elle lui porte. Et cela lui glace le sang.

> — À moins que je ne tue aussi ton mari qui t'a enlevée à moi. Là je saurais que tu souffrirais pour l'éternité petite sœur. Sauf si tu me présentes tes plus plates excuses et que tu reviens vivre avec moi.

> — Pardon ?

> — Excuse-toi et je te pardonnerais peut-être !

> — Tu n'en as pas marre d'être odieuse ? crache Isabelle.

Elle utilise un sort d'expulsion sur Ebora qui ne s'y attendait pas. Avant que la reine des Ténèbres ne se relève, sonnée, Isabelle libérée du sortilège de stupéfaction prend son mari par le bras.

> — Jack, tiens-toi bien à moi !

Forêt, sécurité, pense-t-elle très fort.

Et tout disparaît.

Ebora est furieuse. Elle ne cesse de tapoter l'invention de Foulmio qui indique inlassablement : *Localisation des Éternelles en cours...*

Comment sa sœur avait-elle pu la projeter contre le mur ? Elle ne la reconnaît plus. C'est elle la méchante et pourtant, jamais elle n'a osé lever la main sur sa cadette. C'est vrai qu'elle a voulu la faire souffrir, mais Isa l'avait abandonnée et là, l'a-t-elle seulement frappée ? Ebora ressent une douleur intense, furieuse. Elle paierait cher son affront. La reine lui prendrait ce qu'elle avait de plus cher : ses enfants. Elle les tuerait peut-être devant elle. Encore faut-il les trouver.

La première chose que fait Isabelle en levant les yeux, c'est de vérifier que tout le monde va bien. Ses vêtements et ceux de son mari prennent feu à cause du voyage, mais ils éteignent rapidement les flammes. La jeune femme est surprise de voir qu'à part cela, le voyage n'a causé aucun dégât. Ils regardent autour d'eux. Les arbres ondulent leurs branches, les fleurs semblent chantonner un air mystérieux et même les pierres ont une sorte d'aura lumineuse. On dirait bien que la forêt est vivante.

— Où est-ce que tu nous a emmené ? demande son mari.

— Je crois qu'on est dans une forêt enchantée.

Ce genre de lieu se trouve surtout dans les contes

et les légendes. Isabelle se rappelle de ce que lui racontait sa mère. Cet endroit magique était peuplé d'animaux dont tu pouvais apprendre la langue. Ces derniers vivaient en harmonie avec les plantes, aucun n'était carnivore, ce sont les arbres et les buissons qui leur donnaient gentiment des fruits ou des graines. Dans les histoires, on représentait ces forêts comme le lieu qui protégeait les héros. En voyant les branches se tourner vers eux comme s'ils les observaient, la sorcière comprend que tout a vraiment une âme ici.

— C'est l'endroit parfait. S'ils acceptent de nous aider, Ebora aura bien du mal à retrouver nos bébés.

— Tu veux qu'on vive ici ?

— J'ai fait un cauchemar juste avant la naissance des jumeaux. C'est la seule solution pour que nous soyons en sécurité. Ma sœur est trop puissante et elle n'abandonnera pas si facilement.

Sur ces mots, elle s'agenouille et tend sa fille en direction des arbres en suppliant :

— Je vous en prie, acceptez de protéger nos enfants ! Ils sont en danger de mort. Ils ont les huit personnalitis et la reine des Ténèbres veut les tuer pour prendre le pouvoir à jamais. Je vous promets qu'on ne mangera pas les animaux d'ici, on fera nos courses en ville. Aucun de vous ne sera coupé pour construire notre maison. Si Ebora gagne, ce ne sera pas seulement notre monde qui souffrira, vous brûlerez aussi. Le Mal ne mérite pas de gagner. Alors par pitié, aidez-nous!

Ses larmes n'ont pas pu s'empêcher de couler. On entend plus que le vent quand les branches s'allongent petit à petit pour prendre Jessica. Par instinct, Isabelle résiste, néanmoins elle fait confiance à la nature et laisse les arbres s'emparer de sa fille. Les branches s'enroulent aussi autour du garçon devant son père bien plus méfiant. Le couple remarque alors tous les animaux réunis autour d'eux. Les plantes se penchent en direction des jumeaux, tel un cercle de protection. Les parents fixent ce spectacle, bouche bée. Jamais ils n'ont vu quelque chose d'aussi extraordinaire. La forêt enchantée accepte les bébés. Elle les aime déjà. À ce moment, ils savent que la nature les protégera. Et que la traque ne fait que commencer.

Chapitre 36
Une vie pleine de dangers

Pendant que Jack construit la maison, la petite famille vit dans une grotte. Les animaux leur apportent de la nourriture. Ils n'osent rien prendre ici sans avoir la permission de la forêt. Le plus important est de savoir comment vivre. Ils ont accès à l'eau de la rivière mais n'ont pas d'électricité et ne peuvent plus travailler comme avant. Jack rentre d'abord dans leur ancien appartement. Par chance, Ebora n'a pas brûlé leur ancien chez eux. Il récupère leurs affaires et décide de vendre le reste. Il pense que sa femme peut encore vendre des vêtements de temps en temps en ville. Ils n'ont pas besoin de beaucoup d'argent. Ils peuvent essayer de faire des plantations dans leur jardin, leurs sous ne serviront plus qu'à acheter des vêtements, des outils divers et un peu de nourriture quand même. Le couple achète aussi une chèvre et des poules pour avoir du lait et des œufs. Le climat est toujours doux dans ce lieu, idéal pour le potager où toutes les plantes poussent parfaitement. Ils vivront le plus simplement du monde, toutefois ils seront en sécurité. Les Moreau ne comprennent toujours pas pourquoi à chacune de leur téléportation, ils se retrouvent exactement dans la bonne forêt enchantée. Ils pensent juste à chez eux et à leurs enfants. Jack prend la décision de brûler l'acte de naissance des jumeaux pour que tout le monde les oublie. Ils doivent se détacher de leur vie d'avant, ainsi, chacun sera protégé de la colère de la reine. Il se lance aussi dans la préparation de pièges. Enfin, pour compléter leur nouvelle demeure, ils placent un champ de protection magique autour de la maison. Leurs pouvoirs combinés offrent la meilleure des protections.

Le Mal efface la mémoire de tous ceux qui ont eu un contact de près ou de loin avec sa sœur ces derniers mois. Ebora ne veut surtout pas que quelqu'un remonte jusqu'aux jumeaux. Plus cette famille sera isolée, mieux ce sera. De cette façon, quand Henri Ssss prend enfin des nouvelles des Moreau, les voisins pensent qu'Isabelle et Jack ont disparu depuis longtemps. Personne ne se souvient de quoi que ce soit les concernant après leur mariage. M. Ssss sait que tout est de la faute d'Ebora. Il croit qu'elle a tué Jack par jalousie. Son seul espoir est que peut-être elle aura épargné sa sœur.
Il ne faut que deux mois à Ebora pour retrouver la

trace des jumeaux. Comprenant qu'ils se trouvent dans un lieu difficile d'accès, elle envoie ses monstres, moins sensibles à la magie, les enlever. Les protections de Jack et Isabelle tiennent bon. Les bêtes se font prendre dans les pièges ou sont repoussés loin de la maison, puis chassés par la forêt. Pendant que leurs enfants grandissent à l'écart de la civilisation, la reine des Ténèbres prend son mal en patience en tuant les autres Éternelles.

Les années passent, Isabelle regarde tendrement ses enfants grandir. Qui aurait cru qu'ils auraient pris autant d'assurance ? Comme ils ne sont pas nés sorciers, tout est une découverte avec eux. Leur don s'est enfin manifesté à l'âge de trois ans. Au contact de l'eau, Antel et Jessica se couvrent d'écailles, leurs oreilles deviennent pointues et ils ont les os aussi solides que les nains. À cinq ans, leurs pouvoirs apparaissent et ils parviennent à se transformer en dragon. Un jour, Jack vient voir sa femme.

— Maintenant que leur don se développe, il va falloir leur apprendre.
— Je leur fais déjà l'école à la maison.
— Je te parle du maniement des armes. Dans ce monde, chacun doit être prêt à affronter les Ténèbres. Surtout lorsque c'est Ebora qui règne. Et puis, il n'y a pas que ça. Ce ne sont pas seulement des sorciers Isa. Les autres créatures ont besoin d'être forts, de

combattre.

- C'est vrai qu'ils commencent à être très actifs.

Jack décide de commencer en leur offrant un arc à chacun. Jessica abandonne au bout du troisième échec et rentre à la maison. Antel qui ne peut pas tenir en place d'ordinaire, est plus concentré que jamais. Sur les conseils de son père, il prend sa position, s'entraîne plusieurs fois. Au bout de deux heures, il touche presque le centre de la cible. Deux ans plus tard, les jumeaux découvrent leurs talents de vampire et se transforment en loup-garou. Leurs dents et leurs griffes en poussant, les font assez souffrir. À certains moments, ils se couvrent de poils sans aucune raison. Les enfants font de leur mieux pour résister au goût du sang. Enfin, le jour de leurs dix ans marque leur premier vol en tant que harpie. Ils ont tenté l'expérience après avoir vu que leurs ailes étaient bien duveteuses à présent. Leurs parents doivent gérer entre ces différents besoins : le goût du sang, de la chasse, l'envie de nager, de voler... Mais ils ne sont pas effrayés au contraire. Même si c'est éprouvant et déroutant, surtout pour leurs enfants, ils se rendent compte que c'est un don merveilleux et spécial. Isabelle est étonnée aussi de voir à quel point Antel et Jessica semblent bien maîtriser leurs capacités. D'après le bibliothécaire des Ténèbres, les Éternelles n'en contrôlent que quelques unes. Hors là, ses enfants n'utilisent pas plus leur magie que leurs ailes ou leurs crocs. Tout est réparti équitablement. Les paroles de Lisa lui reviennent alors en mémoire. Oui, les jumeaux ont quelque chose que les autres n'ont pas. En les regardant grandir, elle voit aussi s'affirmer leur caractère et leurs différences. Jessica est joyeuse, insouciante, déterminée, mais impulsive et têtue. Elle a hérité des talents de sorcière de sa mère et elle adore notamment nager avec sa queue de sirène. Quant à son frère, il est moins bavard, son hyperactivité change au fil des années et il devient plus calme, plus réfléchi. Or il peut être très protecteur envers sa sœur et avoir un sacré caractère. Comme son père, il est meilleur en sport qu'en magie. Son arc est une partie de lui même, il est rapide, fort, agile. Ensemble, les jumeaux jouent en volant dans les airs, en faisant la course et en dessinant sur les murs de leur chambre. Ils s'amusent avec les animaux dont ils comprennent rapidement le langage. Les arbres les laissent grimper sur leurs branches, les cerfs monter sur leur dos. La nature et les Éternelles sont très proches. Toutefois, entre les murs de leur maison, Antel et Jessica se sentent dans une ambiance bien différente de la forêt magique, presque comme la vie qu'ils auraient pu avoir hors de cet univers. Leur mère leur chante des chansons, leur père joue avec eux. Les soirs d'hivers, ils observent les flammes du feu de la cheminée. Le frère et la sœur apprennent à manier une bonne quantité d'armes. Ils savent aussi que quand les monstres arrivent, ils doivent se cacher dans des endroits secrets de la forêt établis par leur père ou alors retourner le plus vite possible à la maison. Avant qu'ils ne puissent se défendre eux-mêmes, ils ne sortaient jamais très loin de chez eux. Mais maintenant, avec leur talent et l'aide de la forêt, ils se sentent en sécurité. Les Éternelles ont peur de ceux qui les attaquent, seulement ils admettent aussi que cette vie est trépidante à toujours échapper au danger.

Malgré une vie presque harmonieuse, Jessica a un rêve. Parfois, perchée au sommet d'un arbre, elle peut apercevoir des formes floues. Elle sait que c'est la ville. La fillette aimerait vraiment voir ce monde de plus près, découvrir les gens, les quartiers. Son père fait les courses une fois par semaine hors de la forêt, mais elle n'a jamais le droit de l'accompagner. Alors elle insiste, encore et encore, jusqu'au jour de ses neuf ans, où son père cède enfin.

— D'accord d'accord, mais sois prudente et reste près de moi.
— Oui ! Promis.

Jessica demande ensuite à son frère de l'accompagner, or ce dernier se méfie trop de ce qu'il ne connaît pas.

— Ce que tu peux être nul des fois, se plaint-elle.

Toutefois, elle est bien trop contente pour ne pas en profiter sans son jumeau. Jack la prend par les épaules et les téléportent en ville. Des odeurs, des bruits très différents assaillent les sens de Jessica. Cette atmosphère est moins agréable que sa forêt, mais voir toutes ses personnes et ses nouveautés la ravissent. Pour l'occasion, son père lui achète un hot dog et il énumère les différentes boutiques qui se trouvent sur leur chemin. Jessica s'arrête devant chaque vitrine. Ses yeux brillent et Jack est content d'avoir pu lui faire plaisir. Soudain, d'immenses chauves-souris foncent sur la foule et l'une d'elle attrape Jessica. Cette dernière hurle, emportée par le monstre.

— Jessica ! s'écrie Jack.

Il utilise sa magie pour détruire les chauves-souris, or il a peur de blesser sa fille. Heureusement, les passants sont solidaires et tentent de l'aider à récupérer l'enfant. En haut, Jessica n'est pas prête à se laisser faire. Ses ongles de vampire poussent en un instant et elle griffe violemment son adversaire qui la lâche. La petite fille se sent tomber et en un éclair, elle se transforme en dragon. Jack tue les derniers assaillants et prend sa fille dans ses bras une fois qu'elle retrouve apparence humaine.

— Oh tu es saine et sauve.

Autour d'eux, les habitants conversent sur cette étrange attaque en plein jour, surtout que les chauves-souris ne s'en sont pris qu'à une seule personne.

— Viens vite Jess, on s'est trop fait remarquer.

— Dis papa, j'ai l'habitude d'être attaquée, mais

pourquoi les autres ne le sont pas ?

— Oh ils le sont parfois, c'est juste que là, les monstres s'en prennent à toi car tu es exceptionnelle.

— Parce que je suis une Éternelle ?

— Chut ! Pas si fort.

— Pourquoi ?

— Personne ne sait que ce don existe. Cela doit rester un secret. Tu vois bien que c'est déjà assez difficile à gérer comme ça. Je n'aurais pas dû t'emmener avec moi.

— Il ne m'est rien arrivé.

— On en reparlera à la maison.

Au récit de cette journée, Isabelle déprime à l'idée que sa fille ne pourra plus retourner en ville. Comment dire à ses enfants que leur tante veut dérober leur don et les tuer ? Plus le temps passe et plus les jumeaux posent des questions sur ce qu'ils sont et pourquoi ils n'ont pas la même vie que les autres enfants.

Ebora aussi développe ses dons d'Éternelle volés. Sauf que contrairement à son neveu et à sa nièce, elle n'y prend aucun plaisir. Elle le fait plus pour acquérir du pouvoir mais en vérité, elle déteste les autres créatures. Le seul point positif c'est que ses sens de vampire décuple le plaisir du sang dans sa bouche. Albert comme toujours, est partagé entre la joie de savoir Isabelle et sa famille en sécurité et la peur de voir sa reine si furieuse à chaque échec.

Ce jour-là, il la trouve en train de lire un livre sur les différentes personnalitis.

— Je vous dérange Majesté ?

— Non Foulmio, restes là. Tu pourrais m'expliquer quelque chose. Vois-tu, j'ai lu que les Eternelles commencent à développer leur don vers trois-quatre ans.

— Oui et alors ?

— Alors comment se fait-il que ton invention ait pu localiser les jumeaux avant même que leur don n'apparaisse ?

— Vous vous avez bien eu vos pouvoirs tout de suite.

— Oui, mais moi je suis la personne la plus puissante du monde.

— Ce n'est peut-être qu'un pur hasard. Qu'est-ce qui vous tracasse Majesté ?

— Crois-tu aux signes Foulmio ?

— Aux signes, je ne sais pas Majesté.

— Je ne pense pas que ces jumeaux soient de simples Éternelles. Après tout, ils sont deux, nés le même jour. J'ai l'impression que nous sommes liés d'une manière ou d'une autre.

— Forcément, vous avez besoin d'eux !

— C'est plus que ça. Je crois que le destin finira par nous réunir un jour. Trois êtres spéciaux liés par le sang et le pouvoir.

Aux oreilles du conseiller, ces paroles sonnent beaucoup trop comme une prophétie.

En ce matin du mois de mai 2011, les animaux entourent la maisonnette des Moreau. Tout à coup, Jessica sort précipitamment et dit fièrement :

— C'est une fille !

Les animaux font beaucoup de bruit pour exprimer leur joie.

— Vous la verrez toute à l'heure. Ma petite sœur s'appelle Aurore. J'y retourne les amis !

Jessica rejoint sa famille qui entoure le bébé. Isabelle pensait qu'accoucher sans aide médicale serait très dangereux pour la vie de l'enfant mais heureusement, tout s'est bien passé. Quoi qu'un peu maigre, le nourrisson est en parfaite santé.

— C'est fou ce qu'elle te ressemble, dit Jack ému à l'adresse de sa femme.

En apprenant cette nouvelle grossesse, il a dû construire une nouvelle pièce pour faire la chambre de son futur enfant. Les jumeaux aussi étaient ravis d'accueillir un nouveau membre dans cette famille heureuse. Jessica se penche vers sa petite sœur et demande à sa mère :

— Tu crois que c'est une Éternelle maman ?

— Cela m'étonnerait beaucoup.

— Tu crois qu'elle s'amusera autant que nous ici ?

— Je n'ai aucun doute là-dessus.

— Tu lui apprendras l'espoir à elle aussi ?

— Oui, mais c'est quoi toutes ces questions

Jessica ?

— Ben quoi, c'est ma sœur !

— C'est vrai, sourit Isabelle.

En voyant sa fille si enthousiaste et son fils en train de caresser le crâne du bébé, la belle maman sait qu'elle a fondé une famille unie. Et elle ne peut s'empêcher de repenser à celle de son enfance.

— Antel, Jessica, vous devez me promettre de rester unis avec Aurore. Tous les trois vous devrez vous soutenir dans toutes les épreuves.

— Aurore est un bébé, elle ne peut pas te répondre, remarque Antel, mais en ce qui nous concerne, on est déjà très proches.

— Si je veux que vous me fassiez cette promesse, c'est parce que moi aussi j'ai déjà connu cet amour inconditionnel qui vous lie l'un à l'autre. Sauf que la vie est dure et que les gens évoluent. Vous ne pouvez savoir ce que l'avenir vous réserve et combien il ébranlera toutes vos convictions. Alors n'abandonnez jamais, restez soudés. N'oubliez pas que l'amour est votre plus grande force et que quoi qu'il arrive, vous devez être honnêtes entre vous.

— On te le promet maman, rassure Jessica.

La petite famille s'enlace tendrement. Isabelle sait que la promesse de ses enfants est différente de celle qu'elle avait fait à sa sœur il y a des années. Antel et Jessica sont jumeaux, certes leur caractère est différent mais ils possèdent la même nature, la même force et ils ont bon cœur. Son plus grand souhait est que ses enfants ne se retrouvent pas dans la même situation qu'elle et sa grande sœur. En même temps, elle songe aussi qu'une petite partie d'elle aimera toujours Ebora, car les bons moments ne s'effacent jamais. Et l'amour est plein de surprises. Même Le Mal est capable d'aimer.

Épilogue

Plus de quatre ans ! Plus de quatre ans ! Et cette pierre qui lui donne de faux espoirs. Ebora fulmine dans une chambre, dans une auberge appartenant à la mère de son pire ennemi. Klen a été déloyal et s'est cru plus fort qu'elle. Son insolence l'a énervée. Il y a deux ans, elle l'a torturé pendant plusieurs jours avant de l'envoyer en exil dans le monde des Lumières. Maintenant, il étudie à la Personnalitis Academy, malgré qu'il ait plus de quarante ans. Elle ne sait pas par quel sortilège, il en paraît dix-huit. La reine en a assez de perdre son temps. Elle revoit ces douze années perdues à envoyer des monstres capturer les jumeaux. Ces échecs à répétition la rendaient folle ! Enfin, elle avait décidé de s'en charger elle-même. Ils étaient suffisamment grands pour lui donner énormément de puissance. Ce jour-là, elle a tué sa sœur. Ce geste ne l'a même pas attristée. Malheureusement, son stupide mari a tout foutu en l'air ! Il a envoyé les jumeaux Eternelles dans la dimension de Terre, un monde qui ne figure pas sur la pierre. Jack était mort lui aussi, mais c'était une maigre consolation pour la reine en rage. Ebora s'est démenée sur Foulmio pour qu'il trouve un moyen de pister à nouveau ces enfants. En attendant, elle a élevé Aurore, la dernière née d'Isabelle. Au début, furieuse de ne pas avoir récupéré les Eternelles, elle était sur le point de tuer ce bébé qui était le portrait craché de sa défunte sœur. Or en y réfléchissant, cette petite chose pouvait lui être utile. Durant de longues recherches, quand Antel et Jessica vivaient encore dans la forêt enchantée, Ebora avait découvert comment rendre les neutres, c'est-à-dire les enfants, Ténèbres avant leur dix-huit ans. Elle a utilisé sur Aurore un sortilège très ancien et compliqué. Son cœur est devenu noir, ses yeux ont commencé à saigner. La reine des Ténèbres a repris espoir. Rien ne l'arrêterait avec une princesse venant des Enfers. La petite est encore aujourd'hui enfermée au château, n'apprenant que la magie, même si elle n'a pas encore ses pouvoirs. Faire souffrir sa nièce est un passe-temps agréable, néanmoins il ne suffit pas à la puissante sorcière, sachant que des Éternelles se baladent encore dans la nature. Elle était sûre que les jumeaux reviendraient pour retrouver leurs parents mais les années passaient, toujours aucun signe d'eux. C'est à se demander s'ils tenaient vraiment à leur famille ! Ces derniers jours, elle allait à des réunions Ténèbres en France et c'est ainsi qu'elle s'est retrouvée à devoir loger chez la mère de Klen. Cette dernière est Lumière, mais collaborer avec des Ténèbres ne la dérangent guère. C'est ce soir qu'Ebora est censée retourner chez elle or, au moment où elle termine sa valise, deux points lumineux apparaissent sur la surface polie de la pierre. Ses yeux s'écarquillent sous l'effet de la surprise. Cela ne pouvait être qu'eux. Elle fixe intensément les points et remarque vite qu'ils doivent voyager en voiture ou quelque chose comme ça, car ils bougent énormément. À sa grande joie, ils arrivent maintenant dans cette ville. S'ils venaient dans cette auberge « Le Puma Doré », ce serait vraiment trop beau. Pour ne pas attirer l'attention, Ebora se transforme en une belle jeune femme aux cheveux blonds et aux yeux saphir. Elle sort de la chambre. En descendant les escaliers, elle entend des voix provenant de l'accueil. L'aubergiste est en pleine discussion avec de nouveaux clients.

— J'ai besoin de savoir vos noms, s'il vous plaît.

— Oscar Lewis.

— Très bien, et vous ?

— Antel, et elle c'est Jessica. Désolé, on n'a pas de nom de famille. On vient de la dimension de Terre et on n'a plus de parents.

— Vous venez de la dimension de Terre et vous êtes orphelins ? intervient la reine déguisée.

Klen, présent lui aussi, se crispe. La haine se lit dans son regard, ce qui amuse beaucoup Ebora. Mais son attention est portée sur les trois adolescents qui ne semblent pas insensibles à sa beauté. Oui, elle reconnaît bien Antel, il ressemble trait pour trait à son père. Son cœur se déchire lorsqu'elle croise les yeux de la fille, identiques à ceux d'Isabelle.

— Bonsoir.

— Bonsoir, saluent les jeunes à leur tour.

Elle paie l'aubergiste, observe longuement les adolescents, puis sourit. Avant de pouvoir franchir la porte, Klen lui crie :

— Ne reviens plus jamais ici Ebora !

Son sourire s'élargit, comme pour se moquer de lui. Une fois dehors, Ebora fait le tri dans ses émotions. Cette rencontre a été un choc. Ils sont revenus. Mais pourquoi ont-ils pris autant de temps ? Et pourquoi n'ont-ils pas donné leur nom qu'ils doivent pourtant connaître ? Chaque chose en son temps. Elle trouverait les réponses. La reine va d'abord retourner dans son bon vieux repaire pour suivre sur la pierre l'avancée des jumeaux. Il faut d'abord savoir où ils vont, ensuite, elle cherchera à comprendre ce qu'ils ont fait pendant toutes ces années. Enfin, elle agira en conséquence. Avec son neveu et sa nièce, il ne reste qu'un Éternelle. Le Mal y est presque. Encore un peu de patience avant de devenir pour toujours, le maître du monde.

Remerciements

J'espère que vous avez pris du plaisir à suivre les aventures d'Ebora, la grande méchante de ma saga. C'est un personnage très intéressant à écrire et elle méritait d'avoir un tome pour elle.

Je ne remercierai jamais assez tous ceux qui m'ont soutenu dans mon écriture et pour cette histoire. C'est la première fois que je publie un récit avec plusieurs tomes. J'ai adoré l'écrire et suivre les aventures d'Antel et Jessica avec vous.

Ces livres ne seraient jamais sortis sans mes correctrices et mon père qui travaille énormément sur chaque tome.

Je remercie tous ceux qui m'ont permis de faire dédicacer mes romans. Votre soutien m'est précieux.

Merci encore à ma famille et à mes amis d'être là pour moi, et aux lecteurs qui rendent cette grande aventure possible.